陽炎《かげろう》の闇

オッドアイ

渡辺裕之

Watanabe Hiroyuki

中央公論新社

目次

本書は書き下ろしです。この作品はフィクションで、
実在する個人、団体とは一切関係ありません。

装　幀
盛川和洋

写　真
Alamy/PPS通信社
Adobe Stock

陽炎の闇

オッドアイ

フェーズ0：格納庫の闇

　ミラー・スローターは、ハンドライトで周囲を照らした。

　闇に埋もれていた米軍輸送ヘリＣＨ－５３に光の輪が当たり、少し離れたところに固定されているＦＡ１８戦闘機もライトを反射して闇から浮かんだ。

　空母ロナルド・レーガンの格納庫にスローターはいる。同僚のフランキー・ウォーカーとともにＮＣＩＳ（海軍犯罪捜査局）の捜査官として派遣されていた。

「少し早く来すぎたな」

　スローターは腕時計を見て苦笑すると、加熱式電子タバコを取り出した。格納庫は禁煙だが、裸火でなければいいと解釈している。

　時刻は午後九時五十分である。同僚のウォーカーと午後十時に、格納庫のＣＨ－５３の近くで待ち合わせをしていた。

　スローターは空母勤務になってから半年になる。空母勤務はただ退屈で閑職のようだと、前任者から聞かされていた。捜査官を必要とするような事件が起きることは滅多にないからだ。以前はパールハーバー・ヒッカム統合基地のハワイ支局で働いていたが、夜遊びが過ぎて遅刻欠勤が続き、職務怠慢で退職か空母勤務かの二者択一を迫られた。退職すれば、名誉挽回もできずにキャリアに傷がつくと空母勤務を志願したのだ。

退屈な空母勤務になって腐る捜査官もいるらしいが、スローターには合っていたらしい。定時のパトロールさえ守ればあとはほとんど自由時間なのだ。

だが、二週間ほど前に本部から極秘捜査の命令を受けて一変した。毎日、緊張の連続である。しかも、ウォーカーとの打ち合わせも絶対人気《ひとけ》のないところでするように命じられていた。

スローターは周囲の闇を見回し、電子タバコの電源を入れて口に咥《くわ》えた。吸い殻を残さなければ平気である。

「ふう。生き返る」

香りの付いた水蒸気を吐き出し、スローターは欠伸《あくび》をした。

明日には本部から二名の特別捜査官が来る予定になっている。そうなれば、捜査は楽になるかもしれないが、今まで以上に緊張を強いられるだろう。隠れて電子タバコを吸う機会もなくなるかもしれない。

スローターはぴくりと肩を動かし、慌てて電子タバコの電源を切ってポケットに捩《ね》じ込んだ。背後で物音がしたのだ。同僚であるウォーカーはどちらかというと生真面目《きまじめ》な男なので、電子タバコといえども格納庫で吸っていたら咎《とが》めるだろう。

「ウォーカー？　誰……」

振り返ったスローターは、声を失った。というより、声を奪われていた。強烈な力で首を絞められたのだ。

「ぐぐ……」

スローターは口から泡を吹き、崩れるように鋼鉄の床に転がった。

フェーズ1：国際観艦式

1

二〇二二年十一月六日、海上自衛隊は創設七十周年を記念して国際観艦式を開催した。

米国を筆頭にオーストラリア、ニュージーランド、カナダ、インド、パキスタン、シンガポール、マレーシア、タイ、ブルネイ、インドネシア、韓国の十二ヶ国から十八隻、それにフランスは哨戒《しょうかい》機《き》だけではあるが、パレードに参加している。また、米国はサプライズ企画として、空母ロナルド・レーガンを参加させて話題となった。

二十年前の二〇〇二年に、海上自衛隊は五十周年記念として第一回目の国際観艦式を東京湾で挙行している。形式は、洋上に停泊している受閲艦隊の前を小泉首相や海外の要人を乗せた観閲艦が航行する停泊式であった。

前回の〝停泊式〟に対し、今回は観閲艦隊と受閲艦隊が相互にすれ違う〝移動式〟で実施されている。種類もサイズも違う艦艇が一糸乱れずに航行するには技術と経験を要するが、青い海を舞台としたダイナミックな演出は観閲した人々を魅了した。


午前七時五十八分。

紺色の制服を着た朝倉俊暉《あさくらしゅんき》は、護衛艦いずもの格納庫甲板の片隅に立っていた。

格納庫には、正装した大勢の海上自衛官が整列している。

朝倉は警察庁と防衛省中央警務隊の混合捜査チーム〝特別強行捜査局〟、通称〝特捜局〟の特別捜査官であり副局長も兼任していた。彼は警視庁の警視正と陸上自衛隊三等陸佐の二つの身分を併せ持つ日本で唯一の存在でもある。

〝特捜局〟は警察では扱えない防衛省絡みの事件、あるいは防衛省の警務隊が扱えない民間の事件に同時に対処できる特殊な捜査機関である。その特殊性ゆえに米軍が絡む事件にも積極的に関わり、成果をあげてきた。

組織的には警察庁と防衛省のハイブリッドであるが、現在は市ヶ谷《いちがや》の防衛省の庁舎に本部を構えており、防衛省の指令を受けることが多い。そのため、観艦式の警備を任されている中央警務隊及び横須賀《よこすか》地方隊の警務隊と行動を共にすることになったのだ。

午前八時。

閲兵隊の前に浜田《はまだ》防衛大臣が立つと、音楽隊の〝栄誉礼冠譜〟の軽快なメロディーと共に栄誉礼が始まる。

朝倉も他の兵士に倣《なら》って拳《こぶし》を握りしめて踵《かかと》を揃える。行動を共にしている中央警務隊の塩見《しおみ》三等陸佐と彼の二人の部下がすぐ近くに立っている。朝倉ら特捜局は形式的に参加しているので、彼らの足を引っ張らないように補佐をしていると言った方がいいだろう。

特捜局捜査部は警視庁捜査一課から引き抜いた十一人の元警察官が所属する警課と、中央警務隊から出向してきた十一人の元警務官から成る防課の二つの捜査課で構成されていた。朝倉は副局長として二つの捜査課のまとめ役でもあるが、特別捜査官として単独で動く資格を有する。

今回の任務では、防課の課長である国松良樹《くにまつよしき》と主任である中村篤人《なかむらあつと》の他、北井英明《きたいひであき》と横山直哉《よこやまなおや》の四人を連れてきた。彼らは、すでに飛行甲板で待機している。

栄誉礼が終わり、浜田防衛大臣が政府関係者とSPを引き連れて昇降用エレベーターに乗ると、朝倉は塩見らとともにエレベーターの端に立った。総勢百二十人ほどの関係者がソーシャルディスタンスを取って乗っている。ちなみにエレベーターは三十トンまでの荷重に耐えられる構造だ。

ヘリコプター搭載護衛艦（DDH）いずもは、海上自衛隊初の全通飛行甲板型護衛艦ひゅうがをもとに大型化されて建造された。建造当初から将来的に軽空母化するために米海軍の空母を参考に造られており、エレベーターは米軍戦闘機F35Bが搭載できるように実測されて設計されたそうだ。

エレベーターが飛行甲板まで上がると、出航の号令が掛かった。甲板には観閲官となる司令官クラスの将校や報道陣が大勢集まっている。

いずもの巨体に海自港務隊の曳船《えいせん》（タグボート）が取り付く。横須賀に配備されている海自最大の二百六十トン型曳船が、いずもをみるみるうちに離岸させつつ回頭させた。

「やっと始まりますね」

傍らの中村がほっとした表情で口を開いた。いつもなら軽口を叩《たた》いてもよさそうだが、さすがに正装した大勢の海上自衛官に囲まれて緊張しているようだ。

「まだ始まってもいない。式典は首相の乗艦で始まるんだ」

スマートフォンでスケジュールを確認していた国松が、常識だとばかりに冷たく言った。出港前の栄誉礼は、防衛大臣を艦に迎えるためのセレモニーに過ぎず、観艦式は主賓である首相の来場で始まると言いたいのだろう。

「その通りですけどね。課長が不機嫌なのは、最近釣りができないからでしょう」

中村は国松を横目で見て、憎まれ口を叩いた。朝倉と国松と中村の三人は、局内で釣りバカ三銃士と呼ばれるほど釣り好きである。中でも中村は捜査で出張する時も、釣具を携行するほどだ。

昨夜、護衛艦いずもの格納庫で式典のリハーサルと説明会があったため、朝倉らは横須賀に前泊している。中村は夜釣りをしたかったらしいが、国松が反対したのだ。

「馬鹿野郎。言いがかりだ」

国松がムキになって言い返した。

「うるさい。二人とも摘《つま》み出すぞ」

朝倉は国松らをじろりと睨《にら》んだ。途端に左目が銀色に光り、凶悪な顔になる。

陸自最強の特殊部隊である特殊作戦群の隊員だった朝倉は、二十年近く前にハワイで行われた米軍との合同演習中の事故で頭部を負傷した。その後遺症で左目の眼球中のメラニン色素が減少し、オッドアイ（虹彩《こうさい》異色症）となっている。

左目の視力低下と偏頭痛に悩まされた朝倉は自衛隊を退職し、警察官になった。持ち前の努力で警視庁捜査一課の優秀な刑事となる。八年ほど前に陸自の殺人事件で潜入捜査をするために自衛官の階級を復活させ、事件をみごとに解決して二つの身分を持つことになった。以来朝倉は米軍が絡む事件などで結果を残し、寄せ集めの特別捜査班を局にまで昇格させる働きをしてきたのだ。

「はっ、はい」

国松と中村が、顔を強張《こわば》らせて背筋を伸ばした。彼らは朝倉と組んで十年近く経《た》つが、未《いま》だに怒った朝倉のオッドアイに慣れないのだ。身長一八三センチ、体重一一〇キロの鍛え上げた体格に圧倒されるのだろう。もっとも、本当に怒っているわけではない。セレモニーを成功させるべく準備してきた関係者の手前、厳しい態度で接しているだけだ。

「気を引き締めろ」

朝倉はふんと鼻息を漏らした。

2

横須賀本港を出航した護衛艦いずもは同じく観閲艦である護衛艦ひゅうがを従え、三浦《みうら》半島に沿う形で南に向かって航行している。

やがて城ヶ島《じょうがしま》沖を通って先導艦のあさひ型二番艦である〝しらぬい〟に続いて相模湾《さがみ》に入った。相模湾には受閲艦隊を構成する複数の艦船が航行している。リハーサルを兼ねて前日から待機しており、先導艦であるあさひ型一番艦〝あさひ〟を中心に隊列を整えていたのだ。

いずもの飛行甲板で作業している乗員は、緊張した面持ちで空を見上げた。岸田《きしだ》首相を乗せた輸送ヘリを待っているのだ。

朝倉は、飛行甲板が一望できる艦橋後部の航空管制室に警務隊を指揮する塩見と一緒に上がっている。国松と中村は同僚とともに所定の場所で警備を担当していた。洋上のため不審者を警戒する必要はなく、記者や他国の士官が禁止区域に入らないように見張る程度の仕事である。

塩見は無線機で部下と連絡を取り合い、双眼鏡で配置を確認していた。彼はこれまで国内外の要人の警備と警護を担当したベテランである。

「間もなくですね」

朝倉は腕時計を見て呟《つぶや》いた。時刻は午前九時五十七分になっている。首相の到着は午前十時と予定されていた。塩見と組んでいるので艦橋に上がったものの、正直言って手持ち無沙汰なのだ。

「朝倉さん、あなたのご活躍は伺っております。ご一緒できて光栄です。言いそびれましたが」

双眼鏡を下ろした塩見は、笑顔を見せた。昨日のリハーサルから顔を合わせているが、彼は警務隊との打ち合わせなどで忙しく、挨拶《あいさつ》する間もなかったのだ。首相到着の直前で配備を完了し、ほっとしているのだろう。

「光栄だなんて、お恥ずかしい。うちは所帯が小さいので、警備・警護という仕事はありません。今回の任務は勉強になります」

　朝倉は正直に答えた。

「ＭＣＨ１０１を確認！」

　双眼鏡で上空を窺《うかが》っていた航空管制員が声を上げた。

　ＭＣＨ１０１とは海上第五十一航空隊所属の掃海・輸送ヘリコプターで、今回の式典では首相の輸送機に選定されている。

　午前十時。

　西の空から近づいてきたＭＣＨ１０１がいずもと並んで高度を落とし、ホバリングしながら横にスライドしてゆっくりと飛行甲板に着艦した。

「えっ。そっち？」

　朝倉が首を傾《かし》げると、傍らの塩見が苦笑した。

　ＭＣＨ１０１は他国の将校や記者がいる右舷の観閲台と反対の左舷の甲板に着艦したのだが、海側である左のドアが開き、タラップが降ろされたのだ。欧米の大統領なら関係者やマスコミに向かってさっそうと手を振りながら航空機から降りてくる場面である。

　だが、岸田首相は隠れるようにヘリの裏側から降りてきたのだ。シャッターチャンスを窺っていたマスコミ関係者の舌打ちが聞こえるようだ。もっともＭＣＨ１０１のタラップ付きドアは左側だけなので、いずもと並行に進んで着艦した時点で左側から降りるほかない。

　米国大統領が使用するマリーン・ワンのドアは、タラップとして地面すれすれの位置まで下りる。

オバマ大統領は機内から足元を見ることもなく手を振りながら駆け下りて、国民にその若々しさをアピールした。些細《ささい》なことだが、政権トップの振舞いが政治を左右するのだ。

それに対して、MCH101はタラップの長さが足りずに簡易な踏み台を置かなければならない。要人の移送を考えて作られているわけではないのだ。誰かがヘリから降りる際に粗相があってはと余計な忖度《そんたく》をしたのかもしれない。

航空機が飛行甲板に着艦するには艦船の後方から侵入するというセオリーがある。演出することなく、手順に従っただけかもしれない。多少でもそういった知識があれば理解できるが、マスコミ受けは悪いだろう。

首相は、ヘルメットを被《かぶ》った甲板員に誘導されている。これから首相は第一格納庫に移動し、栄誉礼を受けることになっているのだ。

公式のこうした行事は制服制帽で正装した軍人が、国のトップを案内するのが諸外国の常識である。だが、日本はどうも違うらしい。自衛隊出身の朝倉さえも違和感を覚えるので、海外から招待した軍関係者が奇異な目で見たことは間違いないだろう。

「安全を優先して、手順通りの着艦でしたね。米国大統領のように格好よく降りてきたら、軍国主義と内外で騒ぎ立てられますから」

塩見は溜息《ためいき》を漏らしながら小声で言った。朝倉の顔を見て不満を読み取ったのだろう。

「なるほど。そうかもしれないな。自衛隊の公式行事で首相が戦闘機のコックピットに乗っただけで、隣国は軍国主義だと騒いだな。もっとも、一国のリーダーが、兵器に乗り込んでにやけた顔をするのはいただけない。だからと言って、防衛大臣がフリルの付いたスカートで観閲式に出席して式典のイメージをぶち壊すのもどうかと思う。この国の政治家は軍事オンチだからな」

朝倉は首を横に振った。左派の市民団体は、軍隊を持たなければ戦争にならないという極論をかざし、未だに自衛隊の存在すら否定している。自衛隊の装備が進化するたびに中国と北朝鮮は、日本を非難しているのも事実だ。

さらに同盟国であるはずの韓国は、日本を仮想敵国としている。二〇一八年に海自のP-1哨戒機に韓国海軍の駆逐艦〝広開土大王《こうかいどだいおう》〟が攻撃を意味する火器管制レーダーを照射した事件が、いい例だろう。日本の抗議に対して韓国は、海自の哨戒機が韓国軍の救助活動を妨害し、威圧的な態度をとったからだと逆に謝罪を要求した。

そもそも、事件がおきたのは日本の排他的経済水域（EEZ）内にある日本海の大和堆《やまとたい》付近である。哨戒機が低空で監視活動をして当たり前の海域なのだ。国際法を無視した韓国軍の常軌を逸した行為が許されるはずがない。未だに謝罪することのない韓国海軍を観閲式に招致した日本は、寛容と呼ぶべきなのだろうか。

「自衛隊に対して政治家が素人であることを歓迎する風潮は、これまでありましたよね。平和ボケと平和主義が同じ意味のように取られていましたから。ロシアのウクライナ侵攻で世間の見方も変わったようですが」

塩見はしみじみと言った。自民党ではロシアや中国に対して自衛隊を強化すべく、防衛予算を増やすべきだと意見が出ている。そのことを言っているのだろう。

「防衛予算増はありがたいが、中身をちゃんと検討して欲しいよ。増やせばいいというものではない。俺たちは単純に国を守りたいと思っているだけだ。それを実践するほかないだろう。政治家じゃないからな」

朝倉は小さく頷《うなず》くと、無線機の通話ボタンを押した。

「こちら、朝倉。全員に告ぐ。任務を再確認せよ」

特捜局の仲間に連絡を取った。

「こちら、国松。異常なし」

最初に国松から返事がきた。彼らには要所の警備にあたる警務隊にそれぞれ一名が付き、サポートするように指示してある。朝倉の曖昧《あいまい》な指示に対して、国松は躊躇《ちゅうちょ》なく答えたのだ。

「こちら中村。異常ありません」

「こちら北井。異常ありません」

「こちら横山。異常ありません」

間髪《かんはつ》を入れることなく、きびきびとした仲間の報告が返ってきた。だらけている様子は微塵《みじん》も感じられない。式典の始まりがいささか締まらなかったが、仲間は気を引き締めているようだ。

「了解。任務続行」

朝倉は大きく頷いた。

3

午前十時三十九分。

栄誉礼を終えた岸田首相が、護衛艦いずも右舷飛行甲板に設けられた観閲台に立ち、居並ぶ海上自衛官と招待客を前に挨拶を始める。

首相の挨拶が終わると、いよいよ観艦式が始まった。

——まもなく、皆様の左前方から受閲艦艇部隊による観閲が始まります。

いずもの艦内スピーカーから女性の声で、英語と日本語の順でアナウンスがあった。

受閲艦隊の先頭を航行するのは、あさひ型一番艦である護衛艦あさひである。対潜ソナーシステムには新型のバイスタティック／マルチスタティック・オペレーション機能を備えており、護衛艦としては初めて電気推進を導入したハイブリッド推進機関を採用している。観閲艦を先導する二番艦である護衛艦しらぬい同様、あさひは受閲艦隊を率いるのに相応《ふさわ》しい艦艇と言えよう。

護衛艦あさひがいずもの前を通り、敬礼ラッパが響き渡る。受閲艦隊は、正装した乗員が甲板上に直立して集合する登舷礼航行を行う。海上自衛隊では上甲板に整列し、観閲艦に対して幹部及び准尉は挙手の敬礼をし、曹長以下の乗員は拳を握りしめて直立という敬礼をする。

「これほどの規模の観艦式ははじめての経験ですが、迫力ありますね」

塩見は部下からの無線を気にしながら言った。

「陸自は、大物の乗り物といってもせいぜい戦車や装甲車だ。艦艇とはスケールが違うね」

朝倉は護衛艦あさひを見送りながら頷いた。

護衛艦あさひに続く受閲艦は、あたご型護衛艦の一番艦〝あたご〟である。その後も海外の艦船と自衛隊艦船を合わせて総勢三十四隻の艦船がいずもの前を航行するのだ。実に壮大である。

朝倉の制服のポケットで衛星携帯電話機が、呼び出し音を上げた。

洋上では電子機器の使用は禁止されているが、作戦行動中ではないので指揮官クラスは限定的に使用が許可されている。

「ハロー？　どうした？」

特捜局から支給されている衛星携帯電話機は私的に使うことはない。また、電話番号を知っている者も限られているので、迷うことなく通話ボタンを押した。

――いずもに乗っているらしいね。

電話の主は、旧友であるＮＣＩＳ本部副局長のヘルマン・ハインズである。これまで米海軍絡みの事件で、何度も一緒に仕事をしてきた。昨年も米海軍の原子力潜水艦の機密漏洩《ろうえい》事件に、朝倉は協力している。

「そうだが。どうして知っている？」

朝倉は航空管制室の片隅に移動して尋ねた。個人のスマートフォンの電話番号は教えてあるが、衛星携帯電話機の番号は教えていないのだ。

――特捜局の本部に電話をして、その番号を本部長に特別に教えてもらったよ。

ハインズの声がどこか強張《こわば》っている。ドイツ系米国人であまり冗談を言う男ではないが、それにしても挨拶も抜きで違和感を覚えるのだ。もっとも、ハインズが私的な用事で電話を掛けてきたことはない。これまでも、電話といえば必ずと言っていいほど殺人事件の連絡であった。

「殺しか？」

朝倉は声を潜めた。

――電話では言い辛《づら》い。ブレグマンがロナルド・レーガンに乗っている。観艦式が終わってからで構わないから、彼に会ってくれないか？　乗船許可は申請しておく。

ハインズの口ぶりから、彼は本部で仕事中らしい。ＮＣＩＳ本部はバージニア州クワンティコにあった。時差はマイナス十四時間なので、午後八時四十三分ということになる。相変わらず残業をしているようだ。ちなみにブレグマンとは、今では友人でもある特別捜査官のアラン・ブレグマンのことで、四人の捜査官を率いるチームのリーダーである。

「乗船許可？　そのうち横須賀基地に戻るんだろう？　帰港したら協力する。……待てよ。現場は空母なのか？」

朝倉は右眉《みぎまゆ》を吊《つ》り上げた。

――だから、電話で話せないんだ。首相は式典が終わったら、ロナルド・レーガン見学のため、移動することになっているそうだ。君をメンバーに加えるように打診しておいた。

「なっ！　何を考えているんだ」

朝倉は思わず声を上げ、口元を押さえた。

――乗船許可も下りるはずだ。ＮＣＩＳが君の人物保証をするから問題ない。

ハインズは淡々と言う。

「そういう問題じゃない。首相と同じ輸送ヘリの搭乗許可が得られるとは思えない。許可が得られたとしても、遠慮する」

朝倉は首を振った。首相が移動する際は、常に数人のＳＰが付き添っている。余計な気を遣うのも嫌なのだ。

――私がもし大統領と同席できるのなら喜ぶが、君は違うのか？　ロナルド・レーガンは、当分帰港しないだろう。君は横須賀で待ちぼうけを喰《く》らうことになるぞ。頼むから首相の付き添いで移動して欲しい。

ハインズの舌打ちが聞こえた。本音を言えば、首相だろうと何だろうと政治家と行動を共にすることが生理的に受け付けないのだ。舌打ちしたいのはこっちである。

「どうしてもか？」

朝倉は頭を掻《か》きながら尋ねた。

――君でなければならないのだ。

ハインズは強い口調で答えた。

「仕方がない」

朝倉は溜息を漏らした。

4

午後一時九分。

観艦式の終了後、退艦のための栄誉礼を格納庫で受けた首相は再び飛行甲板に移動する。左舷甲板で飛行準備を整えたＭＣＨ１０１に、大勢のＳＰを従えて首相が乗り込んだ。ドアが閉まると、待機していた甲板作業員がヘリの周囲に整列した。

首相が格納庫側面にある中央の席に座ると、ＳＰも着座する。

朝倉は先に乗り込んでおり、首相らを敬礼で出迎えると、一番奥の席に腰を下ろした。斜めに閉じている後部ローディングドア（ハッチ）があるため、足元が窮屈な上に座席は一段高い位置に設置してあり、妙に目立つ。首相と視線が合わないように後方の窓を見るようにした。

甲板作業員が着艦ワイヤーを外し、ＭＣＨ１０１は護衛艦いずもを飛び立った。

ハインズは簡単に考えていたようだが、特捜局の局長である後藤田《ごとうだ》から防衛省と政府関係者に伝達して許可を得るのに二時間掛かっている。

朝倉と同じくローディングドア際の席に座ったＳＰが、窮屈そうに座っている朝倉を見て苦笑を浮かべて会釈した。彼らには朝倉が米海軍との交流のために、急遽《きゅうきょ》派遣されることになったと説明されている。

首相は空母ロナルド・レーガンを見学することになっているが、これは日米が親密であることをアピールすることで海洋覇権を目指す中国を牽制《けんせい》するためだ。日本側が要求したのではなく、ロナルド・レーガンが突然観艦式に参加したのと同じ理由で米国の思惑である。ＳＰはそれが分かっているために、朝倉に同情しているのだろう。

数分後、相模湾沖を航行している空母ロナルド・レーガンに、ＭＣＨ１０１は着艦した。近くで待機していた〝レインボーギャング〟と呼ばれる甲板作業員が駆け寄り、着艦ワイヤーで輸送ヘリを固定する。

飛行甲板では常時二百人から五百人の甲板作業員が同時進行で作業を行うため、紫色は燃料関係、黄色は航空機の移動や離着艦作業など七色に作業服が色分けされているのだ。さらにシャツやベストやヘルメットの組み合わせで、〝レインボーギャング〟は百以上の職域に細分化されているそうだ。

朝倉は首相一行と別行動を取るべく、彼らが全員降りるのを待ってヘリを後にした。

「でかいなあ」

空母の飛行甲板に降り立って改めて思うのは、護衛艦いずもよりもスケールがとてつもなく大きいという実感である。いずもの全長が二百四十八メートル、最大幅三十八メートルに対し、ロナルド・レーガンは全長三百三十三メートルと八十五メートル長く、最大幅に至っては七十六・八メートルと二倍近い。

「ようこそ。俊暉」

少し離れた場所に立っていたブレグマンが、右手を軽く上げた。彼とは名前で呼び合う仲である。

「一年ぶりか。アラン」

朝倉はMCH101のローターの風圧を受けながらブレグマンに近付き、握手をした。

昨年ブレグマンは、部下のロベルト・マルテス、エディ・フォックス、ボブ・ベンダーの三人を伴って佐世保《させぼ》で捜査活動をしていた。シャノン・デービスという女性特別捜査官もチームにいるらしいが、彼女はITの専門家のため本部で後方支援をしていたらしい。そのため、朝倉はシャノンだけ顔を知らない。

「正確には一年と三ヶ月だ。相変わらず大雑把な男だな」

ブレグマンは笑うと、朝倉の肩を叩いて艦橋に案内した。

「サイドエレベーターで下りるんじゃないのか？」

艦橋内のラッタル（階段）を下りて行くので、冗談混じりに尋ねた。サイドエレベーターは、飛行甲板の端にある航空機や車両を載せる大型エレベーターである。

「それを許されるのは、トム・クルーズだけだ」

ブレグマンは鼻先で笑いながらラッタルを下りて格納庫に出た。〝トップガン　マーヴェリック〟という映画のワンシーンで、トム・クルーズがFA18ホーネットとともにサイドエレベーターに乗るシーンのことを言っているのだろう。

「さすがに格納庫も広いな」

鼻先で笑った朝倉は、周囲を見回して感嘆した。ＦＡ１８戦闘機がびっしりと積み込まれている。日本の航空基地の格納庫よりも多いだろう。まさに海上の航空移動基地である。

「こっちだ」

ブレグマンはＦＡ１８戦闘機群の脇を抜けて、輸送ヘリであるＣＨ‐５３の前に出た。ヘリの周囲に規制線の〝keep out!〟のテープが張り巡らされている。テープの前にＭ４で武装している兵士が立ち、内側に青い制服を着た長身の白人男性が立っていた。武装兵は、現場を保全するために配置された空母所属の海軍保安中隊の兵士なのだろう。

「彼はこの艦に赴任しているＮＣＩＳ捜査官のフランキー・ウォーカーだ。被害者は、彼の同僚のミラー・スローターなんだ。フランキー、日本のスペシャルポリスのミスター朝倉だ」

ブレグマンは長身の男を紹介した。年齢は三十代半ばだろうか。捜査官の割には風采の上がらない顔をしている。

「同僚は、残念だったな」

朝倉は労《ねぎら》いの言葉を掛けた。

「ありがとうございます。しかし、あなたにお会いできて、同僚にはすまないけど感謝しています」

フランキーはぎこちない笑みを浮かべて朝倉と握手した。

「これまでの君の働きぶりは、ＮＣＩＳで有名なんだ。特に昨年のシンガポールでの人質奪回は、今や伝説になっている。名前は伏せられているが、関係者は君だと分かっているんだよ。そのうちＮＣＩＳの教材に君の名が載るんじゃないのか」

首を傾げる朝倉に、ブレグマンは笑ってみせた。

昨年の米原子力潜水艦の機密情報漏洩事件では、海上自衛官と米海軍将校、それに米海軍研究員が関わっていた。彼らは〝紅軍工作部〟と言われる中国共産党主席室直属の極秘諜報《ちょうほう》組織の工作員に家族を人質に脅迫され、工作員らに機密情報を流していたのだ。しかも人質はシンガポールに連れ去られていた。

朝倉はフリーの諜報員である影山夏樹《かげやまなつき》の協力を得て、たった二人で大勢の工作員相手に人質を奪回している。影山の働きのおかげと言っても過言ではないが、彼は職業柄表に出ることはできないため朝倉は報告していない。

また、朝倉は現地で工作員と銃撃戦をしている。他国で銃の所持および使用は非合法のためマスコミには名前は伏せられ、ＣＩＡが奪回したことになっていた。

「おれが有名人？　冗談だろう。ところで、死体はヘリの中で発見されたのか？」

輸送ヘリの下を覗《のぞ》き込んでいた朝倉は尋ねた。まだ、鑑識も入っていないようだが、少なくとも血痕や物証らしきものは見つからない。もっとも、ＮＣＩＳは中央警務隊と同じで鑑識作業は捜査官が行うのだが、出航中の艦内では人も機材もないため鑑識作業はできないのだろう。

「鋭いな」

ブレグマンはウォーカーに合図すると、ポケットからニトリルの白い手袋を出して嵌《は》めた。

ウォーカーはコックピットに上がり、格納庫の後部ローディングドアを開ける。

「指紋採取や現場撮影など、最低限の鑑識作業はしてあるが、機材不足で完璧じゃない」

規制線のテープを跨《また》いだブレグマンは、首を横に振った。

朝倉は、ブレグマンに続いて後部ローディングドアを上った。格納庫は整然としており、死体はもちろん血痕なども見当たらない。最低限の鑑識作業は終わっており、現場は保全されているようだ。

「微《かす》かにハッチに引きずった跡がある。殺害現場はヘリのすぐ後ろだな。扼殺《やくさつ》か絞殺か？」

朝倉は後部ローディングドアに跪《ひざまず》き、靴の踵の跡と思われる黒い筋を指差して尋ねた。血の跡が見つからないということは、刺殺ではない。また、死に至らしめるほど殴るのならやはりどこかに血痕が残っていてもよさそうだ。

犯人は殺害したスローターの死体がすぐに見つからないように、CH-53に隠したに違いない。ロナルド・レーガンは世界最大のニミッツ級航空空母で、五千人近い乗員が乗り組んでいる。他の場所で殺害し、他人《ひと》に見られることなく死体を移動させることは不可能だろう。

「よく気がついたな。死体は六時間前に、ヘリをメンテナンスする作業兵に発見された。検死解剖はすでに軍医が行っており、死後およそ十四時間経過していたそうだ。検死が行われたのが二時間前なので、十六時間前ということになる。発見時に首にロープが巻き付いており、他殺か自殺か調べる必要があったので、急遽軍医に頼んだのだ。舌骨《ぜっこつ》が折れていた。扼殺とみて間違いないだろう。縊死《いし》ではない。また、この時間帯にこのエリアの監視映像が乱れている。機器の故障ではなかった。犯人がジャミング装置を使ったのだろう」

ブレグマンは格納庫の壁にもたれ掛かって説明した。自殺に見せかけて死体は置かれていたのだろう。ロープを首に巻き付けて機内のフレームから吊るされていたに違いない。解剖を急いだのは、他殺と判断すれば帰港を遅らせて犯人捜査をする必要があるからだろう。

扼殺は手によって頸部《けいぶ》を圧迫して殺害することで、その際舌骨が折れることがある。紐《ひも》状の物で首を絞める絞殺で舌骨が折れることはほぼない。また、首を吊って自殺することを縊死と呼ぶ。

「あり得なくはないが、首吊りの自重で死ぬにはヘリの天井が低すぎる。縊死じゃないことは確かだな。死後十六時間経過しているということは、その間に犯人が下船した可能性があるんだろう。だから、俺を呼んだんだな」

朝倉は腕時計を見ながら頷いた。時刻は午後一時五十分になっている。死亡推定時刻は昨日の午後九時五十分ごろということだ。

犯人が下船した可能性がないのなら、ＮＣＩＳでは殺人事件があったことを朝倉に知らせることもなく捜査を続けていたはずだ。

「そういうことだ。状況によっては、日本国内の捜査もあり得るだろう。その場合、特捜局の協力が必要となる」

ブレグマンは頭を搔きながら答えた。

「それにしても、なんで君は空母に乗船していたのだ？　殺人は予測されていたのか？」

朝倉は首を傾げてブレグマンを見た。彼は最もハインズに信頼されている部下であり、ＮＣＩＳでトップクラスの検挙率を誇るチームのリーダーだからだ。

「事件に出くわすとは、夢にも思っていなかったさ。休暇を使って昨日、日本に到着したんだ。俊暉には連絡するつもりだったよ。空母に乗り込んだのは、昨日の午後五時、観艦式を見るため知り合いの将校に誘われていたんだ。とんだ休暇になってしまったよ」

ブレグマンは肩を竦《すく》めた。彼のチームのメンバーが見当たらない理由がこれで分かった。

「死体を見せてくれ」

朝倉は格納庫の中を一通り調べて言った。鑑識作業は艦が帰港してから改めてするほかないだろう。

「先に飯にしないか？　昼飯はまだなんだろう？　死体は逃げないぞ。今時水葬もないからな。どのみちこの船はすぐに帰港しない」

ブレグマンは後部ローディングドアを下りながら尋ねてきた。

「腹は減っている」

朝倉も腕時計を見ると、後部ローディングドアを下りた。時刻は午後二時二十二分になっていた。

5

ブレグマンは格納庫があるデッキからラッタルで下層デッキに下りて、通路を進む。

どの通路でも何人もの乗員とすれ違う。乗員は、士官クラスも含めた兵員が約三千人、航空要員は、艦載機にもよるが約二千人で兵員と合わせると五千人近くが乗り組んでいる。コンビニ、床屋、ランドリー、スターバックス、それに医務室とは別に歯科医を含む六人のスタッフを要する歯科医院もある。空母は基地であると同時に一つの街なのだ。

「いい匂いがする」

朝倉は鼻をひくつかせた。ベーコンを焼いたような香ばしい香りが、廊下に漂っているのだ。

「鼻が利くな」

ブレグマンは近くのドアを開けた。

ブルーのテーブルクロスの食卓がいくつもある。五、六十人が座れそうな席数があるが、テーブルクロスがブルーということは士官用の食堂に違いない。

「私は士官のプライベートゾーン以外ならどこでも出入りできる。士官用だけでなく軍曹以下の一般兵用の食堂も自由だ。食堂は艦内のいたるところにあるが、君はビジターでしかも士官だからここ以外は使わない方がいい。一般兵に嫌われるからな。もっとも、一般兵の食堂はカラオケなんかあって楽しいけどね」

ブレグマンは奥のビュッフェコーナーの手前でトレーを取りながら説明した。彼は艦にビジターとして乗り込んでいるはずだが、ズボンのベルトにNCISのバッジを挟んである。公務中ということだ。だが、私服なので士官用の食堂は気後《きおく》れするのだろう。朝倉は特捜局の紺色の制服に袖や襟には、三等陸佐の階級章があるので他国の軍人ではあるが、ひと目で士官であることは分かる。

「食事の内容は、他の食堂と変わらないのだろう?」

朝倉も何気《なにげ》なくトレーを手にし、ビュッフェコーナーの列に並んだ。仕事柄国内外にある米軍基地の食堂を何度も使ったことがあるので慣れている。

「ほとんど変わらないが、士官用の方が上等だよ。やっぱり」

ブレグマンはトレーにプレートを載せて、その上にチキンやフライドポテトなどを次々に盛り付けていく。

「うまそうだ」

朝倉もブレグマンに負けじと、肉だけでなくマッシュポテトやパンもプレートに載せた。

二人は料理を盛り付けたトレーを手に、出入口の反対側の壁際にあるテーブル席に座った。

「もう一度聞くが、本当に休暇を利用して日本に旅行に来たのか？」

朝倉は香辛料が効いたチキンを食べながら尋ねた。チキンはオーブンでよく焼かれており、皮がパリパリでなかなか美味《うま》い。

「『旅行に来た』とは言っていない。それに『休暇を利用』したのではなく『休暇を使って』来たのだ」

ブレグマンは妙な返事をすると、スパゲッティを口にした。

「そもそもこの艦は、長期航海訓練中で寄港していない。君はどこかの米軍基地からわざわざ輸送機で来たはずだ。休暇中なら民間人と同じだろう。私人なら海軍の輸送機に乗れるとも思えない」

朝倉はブレグマンの目をじっと見た。空母ロナルド・レーガンは九月十二日に母港である横須賀港を出港してから日本海で行われた日米韓の合同訓練に参加するなど訓練を続けている。今回、観艦式に参加するために横須賀に戻ってきたが、帰港するわけではない。

「ＮＣＩＳの特別捜査官だから艦長の許可さえ得られれば、いつだって乗艦できるさ」

ブレグマンは朝倉の視線を外した。

「禅問答でもする気か？　それとも今は話せないということか？」

朝倉はチキンを食べると、ポークソテーにマッシュポテトを盛り付けた。経験上米軍基地のポークソテーは、味付けが不味《まず》いのでマッシュポテトと一緒に食べて誤魔化すのだ。

「詳しくは、死体安置所で話す」

ブレグマンは周囲を気にしながら小声で答えた。極秘の任務を受けて日本に来たのだろう。盗聴の心配もしているようだ。

「分かった」

朝倉は頷くと、黙々とプレートの料理を平らげた。

食後、二人はウォーカーの案内で艦の下層デッキにある霊安室に入った。ブレグマンが朝倉を案内できるのは、食堂までだったらしい。空母は大きいだけでなく、通路やデッキは複雑な構造になっているので一日では覚えられなかったのだろう。

空母の中なのでスペースは限られているが、警視庁の所轄の死体安置所よりは広い。実際に遺体安置冷蔵庫がいくつもあった。水葬という儀式は、艦長の許可と水深が六百メートル以上あれば可能だが現在はよほどのことがない限り行われない。そのため、霊安室を完備しているようだ。遺体用とはいえ冷蔵庫は電力を必要とするが、原子力という強みもあるのだろう。

ウォーカーは出入口に近い遺体安置冷蔵庫のドアを開け、スライド式のストレッチャーを引き出した。死体の胸にはＹ字に切開した検死解剖の痕があり、右足の足首に〝ミラー・スローター〟と記された札が付けられている。

「大丈夫か？」

朝倉はウォーカーを気遣った。ウォーカーは暗い表情というより、青白い顔になっている。捜査官なら見慣れているはずだが、同僚の死体だけに感情が沸き起こるのだろう。

「すみません。恥ずかしながら、死体や血は駄目なんですよ」

ウォーカーは今にも吐きそうな顔で言った。朝倉の視線を気にして答えたようだ。

「スローターは、ＮＣＩＳに入局して七年目の捜査官だった。格闘技はどちらかというと苦手だったが、頭の切れる男で冗談も面白かったよ。身長は一八九センチあり、体力もそれなりにあった」

ブレグマンは死体の隅々を丹念に調べている朝倉の傍に立って言った。

「圧迫痕から見て、犯人は左手でスローターの腕を摑《つか》んで動きを封じ、右手で首を締めたようだな。片手で舌骨を折るとは、相当な怪力だ。犯人の身長は、高身長のスローターと変わらないだろうな。捜査は進んでいるんだろう？」

朝倉は首と右腕に残された圧迫痕を見て唸《うな》った。米国海軍の軍人でも一八九センチというのは、大男と言える。ある程度絞り込みはできるはずだ。

「乗員リストからある程度ピックアップはしている。だが、絞り込みには至っていないから、まだ聞き込みもしていない。そもそも観艦式ということもあって、事実は伏せてある。解剖の結果は艦長など幹部だけに知らせてあるが、一般兵には殺人ではなく自殺ということにしてあるのだ」

ブレグマンは言い辛そうに答えた。

「指紋の照合はしていないのか？」

鑑識作業が終わっていても指紋照合など解析は艦内では難しいのかもしれない。

「もちろんしたが、検出できたのはＣＨ−５３の乗員の指紋だけだ。だが、死体近くの床や壁に拭き取られた跡があった。犯人は自分の指紋を拭き取ったのだろう」

ブレグマンは渋い表情で答えた。

「検出できた指紋は意味がないということか」

朝倉は頭を搔いて溜息を漏らした。

「それにＣＨ−５３の乗員のアリバイは確認済みだ。全員三日前に新型コロナの陽性反応が出たために居住区からの外出を禁止されており、監視カメラの映像からも彼らの行動は確認されている。それから、この十六時間の間で離艦した乗員が五名いた。全員技術者で横須賀基地にいるため、ＮＣＩＳの横須賀極東本部の捜査官に張り込みをさせている。面倒なのは、観艦式と日本の首相乗艦を取材するために乗り込んだマスコミ関係者だ。日本のマスコミは首相が帰ったあと退艦している。日本のマスコミは、我々では調べようがないんだ」

ブレグマンは腕組みをして答えた。やるべきことはやっているらしい。

「分かった。マスコミ関係者は、俺のチームで対処する。ほかにこの十六時間で出入りした人間はいないのか？」

朝倉は遺体の指先を見ながら尋ねた。

「補給部隊に確認している。横須賀港が近いから契約業者が出入りした可能性もあるからな。もっとも航行中だから、乗艦には船か輸送機かどちらかの方法しかない。漏れはないはずだ」

ブレグマンは頷いた。

「ところで、まだ君がこの艦に乗り込んだ理由を聞いていないぞ」

朝倉は遺体の右手を摑んでさらに指先を見た。人差し指と中指の爪の先が、僅《わず》かに色が違うのだ。被害者が何かを引っ掻いたのかもしれない。改めて調べた方がよさそうだ。

「今年の三月二十八日に、ウクライナ軍情報部が、ＦＳＢ（ロシア連邦保安庁）の六百二十人の諜報員の生年月日や出生地、ＦＳＢでの経歴、最新の住所や電話番号、Ｅメールアドレス、旅券番号や所有車のナンバーなどを公開したことは知っているか？」

ブレグマンは鋭い視線で言った。

「知っている。日本ではほとんどニュースにならなかったが、ロシア大使館の職員にそれらしき人物がいたらしい。公表された翌日に帰国したと関係者から聞いている」

朝倉は小さく頷いた。日本ではさほど話題にならなかったが、欧米では衝撃的なニュースとなった。実際、ベルギー、オランダ、アイルランドでは、一部のロシア外交官がスパイ容疑で国外追放されている。

「我が国でも同じだが、公開された情報に基づいて各諜報機関や警察機関でスパイの洗い出しが行われている。これまで何人かのロシア人が国外追放処分になった。だが、巧妙に身元を変えて潜入しているスパイも複数いるようだ。そのうちの何人かが、海軍に潜入しているという情報があった」

ブレグマンは言葉を区切った。

「この空母にスパイがいるという情報に基づいた極秘捜査のために、君が休暇を装って乗り込んだのか」

朝倉はブレグマンを見て尋ねた。

「そういうことだ。一週間前にロナルド・レーガンから発信された、許可を得ていない通信が傍受された。まだ解読はできていないが、暗号文がロシアの諜報機関で使われる規格だったことから、この艦専属のスローターとウォーカーが内偵調査を進めていたのだ」

「ウクライナが公開したFSBの情報と関係があるのか？」

朝倉はすかさず尋ねた。

「米国に入国した諜報員の全体像はまだ摑めていない。大使館に勤務していた者は、旅券番号などからすぐ割り出せたが、そうでない者、つまり工作員として潜入した者は当然身分を詐称して入国している。だから、公表された情報から過去の顔写真を割り出して徹底的に顔認証が進められた。だが、顔写真は不鮮明のため、入手できた数十人の画像に対して、候補者が何百人も出たよ」

ブレグマンは小さく頷いて答えた。

「この艦にも候補者がいたのだな。ロシアの暗号文が偶然の一致というわけではなかったのか」

朝倉は右眉を僅かに上げた。

「驚いたことに四人もいたよ。ウォーカーとスローターの二人で捜査するのは難しい。だからといって、現段階で艦に常駐している治安部隊に協力を求めるつもりはない。そこで、私とシャノンの二人で休暇を取ったことにして艦に乗り込んだ矢先の出来事だった」

「治安部隊は、警備と取り締まり専門だ。手伝わせたら捜査の足を引っ張るのは目に見えているからな」

朝倉は相槌《あいづち》を打った。

「犯人はＮＣＩＳに挑戦状を叩きつける形でスローターを殺害したのか、あるいは彼が犯人に関する情報を何か摑んでいた可能性もあるだろう。横須賀の極東本部から応援を呼ぶつもりだが、チーフが気を利かして君を呼んだという訳だ。君ほど有能な捜査官は、いないからね。日本の首相がたまたまこの艦に来ることも都合がよかったのだ」

ブレグマンはにやりとした。ハインズは、首相の表敬訪問をただの足と考えたらしい。ちなみにチーフというのはハインズのことで、ブレグマンの直属の上司だったからだ。ハインズが副局長になった今もブレグマンはチーフと呼んでいる。

「あてにするのは構わないが、強引すぎるだろう」

朝倉は苦笑した。

岸田首相を乗せたＭＣＨ１０１は、すでに離艦している。空母ロナルド・レーガンは一度母港である横須賀基地を離れると、三ヶ月の訓練を行うのが通例だ。九月十二日に出港しているので、帰港するのは十二月半ばになるだろう。それまで輸送機に乗らない限り、日本には帰れないということだ。

「すまない。強引は、チーフの専売特許だ。私も休暇がハワイじゃなくてロナルド・レーガンになったんだ」

ブレグマンは肩を竦めて笑った。

フェーズ2：空母ロナルド・レーガン

1

十一月七日午前八時五十七分。市ヶ谷防衛省C棟。

〝特捜局〟と同じ階にある会議室に、防課の国松と中村、警課の佐野晋平《さのしんぺい》と野口大輔《のぐちだいすけ》の四人が長テーブルを挟んで座っていた。

長テーブルの中央には特捜局で幹部向けに支給されている衛星携帯電話機が置かれている。

「それにしても、首相と同じ海自のヘリに乗ってアメリカさんの空母に乗るなんて豪胆なことは、大将にしかできないね」

佐野がペットボトルの水を飲みながら笑った。警視庁時代に朝倉の大先輩であった佐野は、特捜局創設時にその手腕を買われて引き抜かれている。そのため、佐野は朝倉のことを大将と親しみを込めて呼ぶのだ。立場は変わったが、朝倉にとって頼もしい存在であることに変わりはない。

昨日観艦式に参加していた朝倉がNCISの要請で動くことになったことは、後藤田から主だった捜査員は聞かされている。とはいえ、その目的はＮＣＩＳの捜査協力ということだけで後藤田も詳しくは教えられなかったそうだ。

「副局長は、首相よりも早くＭＣＨ１０１に乗り込みましたからね。離艦するまで見ている我々もはらはらしましたよ」

国松が苦笑を浮かべた。彼は中央警務隊時代に独自の判断で警視庁の刑事だった朝倉に捜査協力をするなど、規律には厳しい男だが柔軟な思考の持ち主である。それゆえ、朝倉に見込まれて防課の課長を任されていた。

「政治家嫌いの大将が、よりによって首相と同席したんだ。さぞかし肝を冷やしただろうね」

佐野は首を振った。

「もうすぐ九時ですよ。少しくらい早く電話してきてもよさそうですけどね。ボスは几帳面《きちょうめん》過ぎますね」

中村は腕時計を見て不満を漏らした。朝倉から午前九時に会議がしたいので、四人に集まるようにメールで指示があったのだ。朝倉は空母に乗り込んでいるため、連絡は一方通行である。会議室には十分ほど前から待機していた。

中村は丸顔で見てくれは温和な感じがするが、陸自で一番厳しいレンジャー課程を終了している猛《も》者《さ》でもある。負傷した朝倉のボディガードをしたこともあり、朝倉をボスと呼ぶ。朝倉が役職である副局長と呼ばれることを嫌うため、「さん」付けで呼ぶ職員が圧倒的に多い。

「朝倉さんは、真面目な方ですから、九時と言ったら九時でしょう」

野口が相槌を打った。彼は所轄の刑事だった頃に朝倉に見込まれて特捜局に出向している。年齢的には若いが、佐野の指導もあって経験を積んで今では主任として活躍していた。彼だけ会議の記録を残すためにノートPCを持ち込んでいる。

「航海中の海自の艦船では外部との通信を厳しく制限されており、通信司令室以外での通信や通話は禁止されていると聞く。位置情報が他国に知られるからだ。米軍も同じで、衛星携帯電話機を持っているとはいえ勝手に使用はできないはずだ。下手《へた》に通話すれば、スパイ行為とみなされる。おそらく午前九時から時間制限はあるが、使用許可が出ているのだろう」

国松が二人に説明すると、佐野も小さく頷いた。

衛星携帯電話機が呼び出し音を上げた。午前九時ちょうどである。

「おはようございます。ご苦労様です。スピーカーモードにします」

佐野は電話機を取ってスピーカーモードに設定すると、元の場所に戻した。

——みんな、ご苦労さん。悪いが、これから先は英語で話す。もう少し早く電話したかったが、この時間じゃないと通話許可が得られなかったんだ。また、NCISからの捜査協力を受けたことは局長から聞いていると思うが、今回も極秘捜査を要求されている。そのため、当面は集まってくれた四人だけで動いて欲しい。また、聞き込みが主になるので、佐野さんがリーダーになって動いてくれ。

時間が限られているせいか、朝倉は早口で話した。だからと言って緊張している様子はなさそうだ。英語で話すのは、通信は監視下でのみ許されているからだろう。

「了解です。ただ、幹部四人が揃《そろ》って動くと局内では目立ちますな。政府関係の案件ということにしますか。ところで捜査対象は？」

国松が佐野に代わって英語で答えた。国松と中村は日常会話に困らない程度に英語は話せる。

――空母で殺しがあった。ガイシャはＮＣＩＳの捜査官だ。犯人はおそらくまだ艦内にいるだろう。だが、外部から侵入した可能性もある。そのため、空母に乗り込んでいた日本人を我々が調べることになった。

「首相の一行を除外したら、マスコミ関係だけだと思いますが、乗船名簿は米軍が持っているんですよね？」

国松は同時通訳をしながら首を傾げた。

――名簿はメールで特捜のサーバーに直接送る。ガイシャの死亡時刻より前に乗り込んだマスコミ関係者は僅かだそうだ。彼らの可能性はないだろうが、捜査に完璧を期したい。聞き込みで殺しがあったことを絶対悟られないようにしてくれ。艦内でも自殺ということになっている。

「了解です」

国松は佐野を見て頷いた。佐野はメモ帳に書き込みながら頷き返した。佐野は叩き上げの刑事だけに、メモを取るというよりもメモすることで考えをまとめているのだろう。

「届きました」

野口がノートＰＣで朝倉からのメールを確認した。

――通信は基本的には八時間おきにできるらしいが、訓練次第なので決まっていないそうだ。次に連絡できるのがいつか分からない。マスコミ関係者は、おそらく彼らのアリバイ確認だけで済むと思うが、彼らにこちらからニュースソースを与えないように気を付けて欲しい。

「了解です」

国松が表情を引き締めて答えた。

——特に中村、頼んだぞ。

「なっ、なんで私が『特に』なんですか？」

中村が他の三人の顔を見て苦笑した。

——おまえのことだ、観艦式が終わってから横須賀で夜釣りに行っただろう？

朝倉の声が低くなった。怪しんでいるのだ。

「どっ、どうして、それを……」

中村が絶句した。

——まんまと引っ掛かりやがって。おまえのことはお見通しだ。気を引き締めろ。

朝倉の笑い声が聞こえた。

「ちゃっ、ちゃんとやりますよ」

中村の顔が赤くなった。まだ狼狽《うろた》えているようだ。

——おまえが締まれば上手《うま》くいくんだ。佐野さん、後はよろしく。

朝倉の通話は切られた。

「野口、メールの内容を教えてくれ」

佐野は野口を促《うなが》した。

「空母ロナルド・レーガンに一昨日〝サンライフ企画〟というテレビ番組の制作会社がドキュメンタリー制作で乗艦していたようですね。被害者はＮＣＩＳのミラー・スローター捜査官で扼殺だったそうです」

野口は朝倉から送られてきたメールを読んだ。

「国松さんはサンライフ企画のことを調べて欲しい。私と野口は聞き込みに行きます」

佐野は国松に指示した。

「了解です」

国松は早くも席を立った。

2

午前十時二十分。赤坂《あかさか》。

外堀通りを歩いてきた佐野と野口は赤坂見附《みつけ》の交差点を渡り、青山《あおやま》通りの坂を上がって二本目の赤坂みすじ通りに入った。料亭や老舗《しにせ》の料理屋は少なくなったが様々な飲食店が連なり、人力車のオブジェがある街灯に煉瓦《れんが》敷きの道路は趣を感じさせる通りである。

数十メートル先で佐野は立ち止まり、九階建てのビルを見上げた。午前十時半に〝サンライフ企画〟という制作会社にアポイントを取っている。防衛省から二キロほどの距離があるが、叩き上げの刑事にとっては散歩程度の距離に過ぎない。

「このビルの五階と六階が事務所ですね。なんだかうらぶれた感じがしますが」

ビルの表にある〝赤坂千野ビル〟という電飾看板には、〝サンライフ企画〟の他はバーやスナックなど飲食店の名が連なっている。

「TBSが赤坂にある。それに赤坂の住所は、制作プロダクションにとっては信用度が上がるのだ。スナックが入っている雑居ビルでも二つのフロアーを借りているということは、賃貸料も馬鹿にならない。そこそこ儲《もう》かっている会社なんじゃないか」

通りを見回した佐野は、ビルの出入口のガラスドアを開けて中に入った。右手に階段室があるエレベーターホールがある。左手の壁には飲食店の案内板が張り出されていた。営業時間はどこも午後六、七時以降なのだろう。ビルはひっそりとしている。

二人はエレベーターで五階に上がり、〝サンライフ企画〟というプレートが貼られたドアを開けた。腰高のパーテーションの向こうで女性が電話を掛けている。デスクは八つあるので社員は出払っているようだ。

受付というものはないらしく、電話を掛けている若い女性が佐野らにすまなそうに頭を下げた。クレームに対応しているのか、女性は何度も謝っている。トレーナーにジーパンとラフな格好が、いかにもテレビ関係の制作会社という雰囲気である。

「すみません。お待たせしました」

三分ほど待たされて、電話を切った女性は佐野の前に立った。青ざめた表情をしている。よほどのクレームに対応したようだ。

「大変でしたね。でもあなたの電話の対応は素晴らしくよかったですよ。私なら、電話を切った後で、あなたに手を合わせていますね。社長と面会の約束をしている佐野と申します。お取り次ぎ願えますか？」

佐野は温和な表情で尋ねた。一課では〝仏の佐野〟と呼ばれていた。彼の尋問は情で落とすと言われており、殺人犯が泣きながら白状することも度々あったという。

「はい。少々、お待ちください」

笑顔になった女性は部屋の奥にあるドアをノックして開けると、ドアの隙間から「お客さまです」と声を掛けた。

「はい、はい」

派手なスタジャンを着た初老の男が部屋から出てきた。

「はじめまして、伊藤紀夫《いとうのりお》です。上の階で打ち合わせしませんか？」

伊藤は天井を指差して尋ねた。右手にセブンスターの箱を握っている。窓際にソファーやテーブルが置かれた応接スペースがあるが、灰皿は置かれていない。この階では禁煙なのだろう。

「お時間をいただけるなら、どこでも構いませんよ」

佐野は笑顔で頷いた。

伊藤は一旦部屋を出ると、階段を上がって六階のドアの鍵を開けて中に入った。

五十平米ほどの部屋で、ビデオカメラや三脚などの撮影用機材が置かれたスチール棚が設置されている。五階が事務所で、六階は機材置き場と倉庫らしい。

伊藤はスチール棚の奥に進んだ。道路に面した窓際に、擦り切れたソファーとガラステーブルが置かれている。ガラステーブルもお世辞にも綺麗《きれい》とは言えない。しかも大きな灰皿が置かれているので接客用ではなく、社員用の喫煙所なのだろう。

「すみません、こんな汚い場所で。撮影スタッフは出払っていますが、彼女にも聞かれない方がいいと思いまして」

伊藤は佐野と野口にソファーを勧めると、対面に折り畳み椅子《いす》を置いて腰を下ろした。電話では正式名称である〝特別強行捜査局〟と名乗っている。三年前に局に格上げされてから、徐々に知名度は上がり、今では警察関係で知らない者はいない。〝捜査〟という言葉に馴染《なじ》みがないのか、自衛隊では警務隊と勘違いしている者もごく少数だがまだいるようだ。それに比べて一般人の認知度は低く、警視庁の特別捜査官と勘違いされることも多々ある。

「急な申し出に応えていただき、感謝しております。改めまして特別強行捜査局警課の佐野です」

佐野は名刺を伊藤に渡した。伊藤には、米空母ロナルド・レーガンに乗り込んで取材した件で質問があるとだけ電話で伝えてある。

「同じく野口です」

野口も丁寧に名刺を差し出した。

「ご丁寧に、どうも。すみません。名刺を下の階に置き忘れました。後でお渡しします」

恐縮した伊藤は、慌てて立ち上がって二人から名刺を受け取った。

「これからいくつか質問をいたします。確認程度の簡単な質問なので、緊張される必要はありません」

佐野は穏やかな口調で言った。

「いや何、私は米空母に乗り込むのはやばいんじゃないかって、プロデューサーには言ったんですよ。自衛隊の取材番組は何度も経験ありますが、あとで映像チェックを受けるんです。ちょっとカメラの角度が変わっただけで極秘情報が映っていたとかで、カットですよ。今回も米軍からクレームが来たんでしょう？」

伊藤は落ち着きのない様子でパッケージから煙草を出し、ライターで火を点けた。

「質問にお答え頂ければ、問題ありませんよ。艦内で立ち入り禁止区域に無断で入ったマスコミ関係者がいるらしいのです。軍事機密を映像として持ち出した可能性があると、米軍は疑っているわけです。日本のマスコミは我々が対応するように米軍から依頼がありました。空母には一昨日と昨日の二日間の取材と聞いておりますので、順を追って出来るだけ詳しくお話しください」

佐野がポケットからメモ帳とペンを出すと、野口は自分のスマートフォンを録音モードにしてガラステーブルの上に載せた。

「そうなんですか。米軍は疑《うたぐ》り深《ぶか》いですね。そもそも、個人のスマートフォンは、米軍厚木《あつぎ》基地で取り上げられています。機材は離陸前に厳しく調べられてからコンテナに入れて密封され、C2輸送機に積み込まれました。帰りも逆の手順を受けています。しかも、取材で撮影した映像は、離艦前に米軍の広報によって確認されたんですよ」

伊藤は不満げな顔をすると、今度は笑ってみせた。嘘《うそ》をつく人間は、不用意に笑うものだ。何か隠し事をしているのかもしれない。ちなみにC2輸送機とは、陸上から空母への輸送のために開発されたグラマン社製の艦上輸送機のことで、長距離バスである〝グレイハウンド〟から得た愛称で呼ばれている。

「空母に離着艦した時間と、おおまかなスケジュールを時系列で教えてください。米軍の記録と照合することで、アリバイは成立します。面倒だとは思いますが、あなたと社員の方々の安全を保証することにもなります。それからクルーのリストもいただけますか?」

佐野は笑顔を絶やさずに続けた。

「米軍からは三名と言われて人選しました。私は英語が話せるので、ディレクター兼プロデューサーとして同行しました。それと、カメラマンの山里秀一《やまざとしゅういち》と通訳兼コーディネーターの石川真由子《いしかわまゆこ》の三人です。スケジュールは、映像と照らし合わせる必要があるので、記録はとってあります。今、プリントアウトを杉崎《すぎさき》くんに持って来させます」

伊藤はスマートフォンを出して電話を掛けた。さきほどの女性に記録のプリントアウトを頼んだようだ。

「ちなみに一昨日の午後十時前後は、どうされていましたか? 空母は二十四時間体制と聞きますが、消灯なんてあるんですかね?」

佐野は一番の核心を何気なく尋ねた。

「私と山里はゲストルームの同部屋で、その時間なら持ち込んだウィスキーを二人で飲んでいました。午後十時になると消灯され、艦内は赤い照明になります。十時以降は部屋から出ないようにと言われていました。トイレも部屋の外ですから、消灯前にすませないといけないということです。石川は女性専用のゲストルームに宿泊していました。米国の女性ジャーナリストと一緒だったそうです。疲れてすぐ眠ってしまったと聞いています。彼女のアリバイなら、同室の米国人に聞いてみてはいかがでしょうか？」

伊藤は滞《とどこお》りなく答えた。特に感情の変化は見られない。隠し事は別の問題らしい。

「なるほど。その時間帯に何か見聞きしましたか？　何か変わったことはないかと思いましてね。もし不審者を見たのなら教えてください」

佐野は駄目元で尋ねた。

「さきほど申し上げたように、部屋にずっと居ましたから何も見聞きしていません。ゲストルームは他にもありましたが、みなさん同じじゃないですか。軍艦の中を彷徨《うろつ》くような真似《まね》はしませんよ。逮捕されたらどうなるか分かりませんからね。米国大使館と一緒で、空母の中は外国ですから」

伊藤は肩を竦めて首を振った。

「そうですよね」

佐野は小さく頷いた。

3

午後四時五十八分。空母ロナルド・レーガン。

朝倉は艦橋前部にある航空管制室の片隅に立っている。

眼下の飛行甲板では、実戦さながらのＦＡ１８戦闘機の発着訓練が行われていた。

八時間前の通信可能時間帯では、ブレグマン立ち合いのもとで、飛行甲板で衛星携帯電話機を使って佐野に連絡している。発着訓練は行われていなかったため、海風以外の騒音はなかったからだ。

だが、発着訓練中の飛行甲板は、戦闘機の凄《すさ》まじいジェット音で電話どころではなくなってしまう。艦橋には通信室など防音が完備された部屋もあるのだが、艦長の好意で航空管制室への入室が許されている。朝倉が発着訓練を見られるようにブレグマンが許可を取ってくれたのだ。

ＦＡ１８がものすごいスピードで離艦していく。

超大型空母艦のロナルド・レーガンでも飛行甲板の発艦用滑走路は百メートルほどである。そのため、浮力を得るために風上に向けて発進するほか、蒸気カタパルトの力を利用し、機体を高速で押し出すのだ。

「すごいな」

朝倉は航空管制室の窓から飽きることなく、FA18の発着訓練を見つめていた。この絶景を見渡せるのは唯一航空管制室だけだ。ブレグマンの気遣いに感謝である。

ロナルド・レーガンには原子力のボイラーで得られた蒸気圧を利用するカタパルトが四基あり、それぞれが約九十秒間隔で艦載機を発進させる能力がある。三十トンを超える重量の艦載機を一、二秒で時速二百キロ以上まで加速させるのだ。

また、着艦する際は甲板に張られたアレスティング・ワイヤ（制動索）に機体後部にあるフックを引っ掛けて停止するのだが、時速二百キロを二秒でゼロまで落とすのだ。時速二百キロで駅ホームに侵入してきた新幹線が、ホームにぴたりと止まるのと同じことである。

C2輸送機の格納庫にある座席の背もたれが進行方向とは逆に設置してあるのは、離着艦の衝撃を和《やわ》らげるためというのも納得だ。余談ではあるが一九六六年に生産が開始されたC2輸送機は長年活躍してきたが、機体老朽化のため順次オスプレーに置き換わるという。

「俊暉」

傍らに立っているブレグマンが声を掛け、腕時計の盤面を軽く叩いた。午後五時になっている。

「おー。サンキュー」

苦笑した朝倉は、ポケットから衛星携帯電話機を出した。公務中なら拳銃と手錠、それに警棒も通常は携帯する。今回は自衛艦での警備ということで拳銃は携帯していなかった。その代わりというわけではないが、外部と接触を絶たれた空母で衛星携帯電話機の存在は武器と言えよう。

朝倉は衛星携帯電話機で国松に電話をかけた。

――ハロー！　国松です。

国松が英語で応答した。朝倉が監視下であることを承知しているからだが、少々強張った声である。

「私だ。こちらは、特に進展ない。報告してくれ」

朝倉は流暢《りゅうちょう》な英語で言った。捜査をしていないわけではない。昨日から顔認証でロシア人スパイの候補とされた四人の対象者の資料をもとにブレグマンらと徹底的に洗い出した。空母という限られた空間で殺人を犯した犯人は、簡単なことでボロを出すようなことはしないだろう。念入りな調査をして捜査を一気に進めるべきだ。ロナルド・レーガンが帰港するまで一ヶ月以上ある。否でも応でも時間はたっぷりあるのだ。

――〝サンライフ企画〟ですが、空母に乗り込んだ三人は全員白ですね。ただ、社長の伊藤がどこかきな臭いので調べたところ、脱税をしているようなんですよ。また、ロナルド・レーガンに乗り込んだのは、米軍の知人から空母艦が観艦式に参加する情報を得ていたからみたいですよ。おそらく金が動いたのでしょう。どうしますか？

「放っておけ。俺たち特捜局は、ケチな犯罪者を扱うような組織じゃないからな。だからといって、他の警察機関にチクるのもウチらしくない。対処は晋さんに任せますよ」

朝倉は苦笑した。日本のメディアクルーが犯人でないことは分かっていた。だが、すべての容疑者をつぶさに調べ、可能性を一つ一つ潰していく。それが正攻法だと信じている。

――了解です。しかし、我々は暇になりますね。

「リモートでサポートしてもらえることはない。すまないが、平常業務に戻ってくれ。俺は許される限り、捜査協力をするつもりだ。殺された捜査官に面識はないが、仲間であることに変わりはないからな」

朝倉は力強く言った。捜査に私的感情は禁物である。だが、捜査官殺しは別だ。犯人をのさばらせることは、悪に敗北したことになるからだ。

――もちろんです。成果を出すまで頑張ってください。

――日本に帰って来なくてもいいですよ。

国松の声に、囁《ささや》くような中村の声が被さった。聞こえないと思っているに違いない。国松が英語で話しているのに、小声でも日本語だったからよく聞こえたのだ。

「中村。帰ったらぶちのめす」

朝倉は低い声で言った。

――ぎぇ！

中村の悲鳴が聞こえた。

「次回の予定通信時間は午前一時だから、明日の朝、連絡する」

朝倉は通話を切った。

「日本人のマスコミのアリバイは取れたらしいね」

ブレグマンはわざとらしく言った。そもそも、日本人クルーが関係ないことは、彼が一番よく分かっていたはずだ。それにも拘《かか》わらず、特捜局に調べるように要請したのは、朝倉の協力を得るための口実に過ぎなかったのだろう。

「分かっていたんだろう？　そんなこと」

朝倉はブレグマンをジロリと見た。

「騙《だま》したつもりはない。日本のマスコミを調べることも捜査の一環だからだ。まあ、結果は分かっていたがね。だが、チーフが君を招集したのは、正解だと思っている」

ブレグマンは苦笑を浮かべた。苦しい言い訳ということだ。

「それじゃ、捜査本部に行くか」

朝倉は衛星携帯電話機をポケットに仕舞った。捜査本部といっても、朝倉が割り当てられたゲストルームのことである。

ゲストルームは七畳ほどで、二段ベッドに小さなソファーやテレビもある。ベッドと反対側の壁一面はスチールロッカーとクローゼットになっており、折り畳みのテーブルも付いていた。狭い割には収納力があり、使い勝手はいい。二人部屋を一人で使っているため、意外と落ち着く。

ブレグマンから捜査対象になっている四人の資料を渡されている。艦内ではインターネットに接続して自由にパソコンは使えない。そのため、通信可能時間帯にNCIS本部から送られてきたデータをプリントアウトしたものだ。一人、二、三十ページだが、四人分ともなると百ページを超す。それに資料は通信可能時間帯が来るたびに増えていくのだ。

「焦らなくてもいい。それより、着替えとか要《い》るだろう。コンビニに行こう」

ブレグマンは右手を振って航空管制室を出ていく。

「確かに」

頷いた朝倉は、ブレグマンに続いてラッタルを下りる。観艦式から半ば拉致《らち》されたかのように空母艦に来ているため、着替えもないのだ。昨夜はゲストルームに備え付けのローブを着て寝たが、普段も動きやすい服に着替えたい。

ブレグマンは船尾にある飛行甲板下の居住エリアにあるコンビニに入った。駅の売店程度と思ったが、スナック菓子などの食品だけでなく洗剤や下着などが並べられたスチールの陳列棚が、整然と置かれている。五千人を対象にしているだけに種類は少ないが量はしっかりと確保されていた。

朝倉は下着とトレーナーの上下を買った。夜食用にとスナック菓子にも手が伸びたが、すぐに引っ込めた。腹が減ったら二十四時間営業の食堂に行けばいいからだ。

朝倉は艦内だけで使用できるネイビー・キャッシュ（プリペイドカード）の電子マネーで支払ってコンビニを出た。艦内では盗難防止のため現金は使用できないのだ。カードは昨日、ブレグマンから支給されていた。

「それだけでいいのか？」

ブレグマンは朝倉が小脇に抱えている商品を見て首を捻《ひね》った。

「これだけで充分だろう。それより、タイプ３の迷彩服を貸してくれないか」

朝倉は近くを通った兵士の迷彩服を指差した。

米海軍で十一年ほど使われたブルーベリーの愛称を持つ水色の迷彩服は、二〇一九年十月一日から使用できなくなっており、陸軍のような緑色のタイプ３と呼ばれるデジタル迷彩服に置き換わっている。

「了解。君はＮＣＩＳの捜査官じゃないから問題ないだろう。治安部隊のヘンダーソン大尉に頼んでみよう」

ブレグマンは朝倉の服のサイズを測っているのか、じろじろと見た。

「チーフ」

コンビニを出たところで栗毛色の髪をした女性に声を掛けられた。身長は一六〇センチ弱、小太りで眼鏡《めがね》を掛けている。グレーの作業服を着ており、ズボンのベルトにＮＣＩＳのバッジを差し込んでいた。作業服はサイズが合っていないので、借り物のようだ。

「やあ、シャノン。ちょうどよかった。俊暉、うちのスーパーガールのシャノン・デービスだ」

振り返ったブレグマンが、作業服姿の女性を見て笑顔になる。昨日は現場検証などで忙しく、彼女との顔合わせもなかったのだ。

「俊暉・朝倉です。よろしく」

朝倉は何気なく右手を差し出した。

「Legit（本物）！　Bad ass（超感激）！　オーマイガー！」

シャノンは朝倉の右手を両手で握りしめた。派手なピンク色のアイシャドーをしているが、丸顔のせいか幼く見える。しかも、いきなりスラングを連発してきたのだ。

「どっ、どうも」

朝倉は驚いてブレグマンを見た。

「彼女は君のファンなんだよ。日本での捜査にどうしてもって言うから」

ブレグマンは苦笑しながら、ウインクしてみせた。

「いつも私は留守番だから、チーフに不公平だと言っただけよ。それにジェファーソンのファンは私だけじゃないから」

シャノンは朝倉の手を握りしめたままにこりと笑った。

「ジェファーソン？」

朝倉はシャノンに嫌というほど手を握りしめられながら首を傾げた。

「彼女が飼っている猫の名前だ。オッドアイなんだ」

ブレグマンが笑うのを我慢しながら答えた。

「猫！　そっ、そうですか。よろしく」

朝倉は笑みを浮かべながら左手でシャノンの手を解いた。苦手なタイプかもしれない。

「暗号文の解読ができました」

シャノンは小声で言った。彼女は自分のパソコンを持ち込んで自室に籠《こ》もっていると聞かされていた。昨日会えなかったのは、彼女の都合である。

「暗号文？」

朝倉も声を潜めた。

「例のロシアのだ。彼女の部屋で続きを聞こう」

ブレグマンは、シャノンに目配せした。

4

午後五時三十分。空母ロナルド・レーガン。

朝倉はブレグマンとともに、シャノンが使っているゲストルームにいた。彼女も一人で使っているため、打ち合わせに向いているのだ。

折り畳みテーブルには、高性能のタワー型ＰＣに繋《つな》がれたディスプレーとキーボードが置かれている。そのほかにもノートＰＣやプリンターまであり、最低限彼女が仕事をできる環境になっているらしい。

シャノンはＮＣＩＳに入局する前は、大手セキュリティ企業のプログラマーだったそうだ。入局後にその腕を買われてブレグマンのチームの捜査官として働くかたわら、ＮＣＩＳの科学ラボの仕事を兼務することもあるらしい。必然的に本部での仕事が中心になるようだ。

だが、彼女は内勤ではなく、他の捜査官とともに現場に行くことを望んでいた。そこで、今回はブレグマンをＩＴでサポートすることを条件に現場に行くことを許されたそうだ。

「ロシアの暗号は、特定の解読キーで簡単に復号できます。しかし、解読キーは何パターンも組み合わせがあるので厄介です。これまで四つの解読キーが確認されており、私はそれらを持ち込んで昨日まで作業しましたが、復号できませんでした。ですが先ほどの通信で、古い友人からメールが届きました。イスタンブールのロシア大使館で偶然新しい解読キーを見つけたと送ってくれたのです。すごいでしょう」

シャノンはディスプレーに表示された解読キーと思われる不規則な文字列を指差した。古い友人とはハッカー仲間のことだろう。

「ほお」

ブレグマンは微妙な相槌を打った。彼女の言った「偶然」という言葉が引っかかったのだろう。他国の大使館のサーバーでたまたま発見することなどあり得ないからだ。ハッキングは明らかな違法行為であるが、シャノンの友人から得られたという言葉を信じて黙認しているらしい。

「この解読キーと、ロシアのＦＳＢで使われている変数を入力すると、あら不思議！」

シャノンは鼻歌混じりでキーボードを叩いた。ディスプレー上の英数字の羅列が、テキストに置き換わっていく。といってもロシア語で使われるキリル文字である。

「〝レインボーギャング〟の職域区分、戦闘機の発着訓練のスケジュール、非常時のアレスティング・ワイヤの使い方、他にも色々あるな。暗号化する意味が分からん」

朝倉は、彼女の脇に立ってディスプレーを見ながら首を捻った。特戦群では英語は必須で、敵国とされている中国、ロシア語の習得も求められた。発音はともかく中国語、ロシア語も日常会話程度ならできるのだ。もっともキリル文字は少々苦手である。

「ロシア語もできるのか。驚いたな。シャノン。翻訳してくれ」

ブレグマンもディスプレーを見ているのだが、キリル文字は読めないらしい。

「お任せあれ」

シャノンは、テキストを自動翻訳ソフトに掛けて英語にした。

「内容は雑多だが、飛行甲板に関連したことばかりだな」

ブレグマンは腕組みをして唸った。

「これって、ロシアが欲しがる情報かな？」

朝倉も渋い表情で首を傾げた。

ロシア連邦海軍は、一九九〇年十二月に就役したアドミラル・クズネツォフという航空母艦を唯一所有している。

アドミラル・クズネツォフが一九九〇年の初航海ともいえるバレンツ海に到着後ほどなくして、ソビエト連邦は消滅した。連邦崩壊による財政難や人員不足により、数年間メンテナンスもままならず母港に係留したままの状態であった。運用されるようになったのは一九九五年からであるが、オーバーホールもままならない状態は続き、本格的な活動はプーチン政権成立後からである。

二〇一七年からドッグ入りし、近代化に向けて改修作業が続けられていた。だが、作業中に新たな問題を発見するだけでなく、工事中の事故で工期を延ばすという失態を続けている。二〇二二年六月のタス通信によれば、改修が完了するのは二〇二四年以降になるという。

朝倉が疑問に思うのは、運用もままならない空母艦のために米軍からわざわざ情報を盗む必要があるのかということだ。

「ちょっと待ってくれ」

ブレグマンは小型の艦内通信機を出して治安部隊のヘンダーソンに連絡した。

十分ほど待たされたが、エルマー・シモンズという指揮所に勤務する少佐がゲストルームを訪れた。

ブレグマンは、なるべくセキュリティレベルが高い将校を呼ぶようにヘンダーソンに頼んでいたのだ。幹部クラスなら、スローターが自殺でなく殺害されたことも知っている。また、ブレグマンが殺人の捜査をしていることも把握していた。

「艦内から発信された暗号文が解読できました。内容を確認し、意見を聞かせてもらえますか？」

ブレグマンはＰＣのディスプレー前の椅子を勧めた。

「これは、飛行甲板に関する情報ばかりですね。特に極秘情報というほどのことはありませんが、部外者が知り得るものではありません。マニュアル化されていないことまで書いてありますので、かえって重要な情報と言えますね」

シモンズは何度も頷いてみせた。

「この情報をロシアが欲しがりますか？」

朝倉は単純な疑問をぶつけた。

特捜班が発足した頃、陸自だけでなく空自や海自の組織や武器などもかなり勉強している。海自には全通甲板を備えて空母化された〝いずも〟や〝かが〟が配備されているが、現段階では米海軍のように空母打撃群として運用されているわけではないので知識に乏しい。空母艦の近代化を目指しているロシアに、米空母の情報が必要かどうかは判断できないのだ。

「ロシア海軍は、長年の経済封鎖で最新の電子機器は、中国頼りになっています。ある程度近代化されていると聞きますが、実際のところは欧米に比べて一世代前の装備とみていいでしょう。空母運用に関しても遅れているでしょうね。ただ、アドミラル・クズネツォフはドッグ入りしており、改修が終わるのはかなり先になりますので、この情報が今すぐ必要だとは思えません。装備も数年後には刷新され、運営方法も変わるでしょう。あまり意味があるとは思えませんね」

シモンズは首を左右に振った。

「そうですよね」

ブレグマンは頭を掻いた。目的がはっきりしなければ、犯人の意図も分からないからだろう。

「それは、ロシアにとってという意味ですよね」

朝倉はシモンズを促した。

「その通りです。中国の空母遼寧《りょうねい》の飛行甲板で、最近〝レインボーギャング〟が現れたと聞いたことがあります。戦闘機の離着艦は、多くの作業兵のバックアップがなければ成り立ちません。しかし、様々な職域の作業兵が同じ作業服を着ていたのでは、命令する側も戸惑《とまど》います。〝レインボーギャング〟と呼ばれるような職域と作業の細分化と識別化は必然なのです。だからと言ってすぐにできるようなものでもありません。〝レインボーギャング〟は、米国海軍で何十年にも及ぶ経験によって生まれたノウハウです。しかし、中国海軍はたったの数ヶ月で再現したのです。米海軍のノウハウが盗まれたことは間違いありません」

シモンズは、厳しい表情で言った。

「単純に真似をしたというわけではないのですね」

朝倉は念を押すと、ブレグマンと顔を見合わせた。

「ただの色分けでは意味がありませんので。〝レインボーギャング〟を組織的に整備することにより作業効率は格段と上がります。戦闘機が遅滞なく発艦すれば、それだけで攻撃力が増すことになりますから。今の中国にはロシアからノウハウを得た空母艦を建造する能力と、欧米軍から盗み出した情報で最新の第五世代の戦闘機を作り出す工業力があります。足りないのは、それを運用する技術と経験です」

シモンズは悔しげに言った。

「ロシアが盗んで、中国に情報を流していたというのか」

ブレグマンは、鼻の穴を広げて言った。落ち着いた口調だが、かなり腹を立てているのだろう。

「ロシアはウクライナ侵攻で世界中を敵に回し、なおかつ中国からも見限られる可能性がある。論理の飛躍かもしれないが、ロシアは中国に米軍の軍事情報を流すことで、中国との友好関係を維持しようとしているのかもしれないな」

朝倉もふんと鼻息を漏らした。

5

元米海兵隊のエリートパイロットだったダニエル・ダガンが、二〇一七年に武器輸出および防衛関連業務の提供を禁じた法律に反した罪で米検察に起訴された。

ダガンは、中国企業から高額の報酬を受けて二〇一一年から二〇一二年にかけて南アフリカにある中国のパイロット養成学校で中国人パイロットに訓練を行っていた。彼は海兵隊時代に七隻の空母で何百回も離着艦した経験を持ち、その技術を中国軍に提供したのだ。

ダガンは米国の追及を恐れて二〇一二年にオーストラリアに移住して帰化した。だが、オーストラリア警察は、ＦＢＩの要請を受けて二〇二二年十月二十一日にニューサウスウェールズ州でダガンを拘束している。また、ダガンの共犯者は八人おり、彼と同様に米海軍元士官とパイロットが中国人パイロットに訓練を行った。彼らも同じく罪に問われている。

中国はロシアや親ロシア派時代のウクライナから技術提供を受けて人民軍の武装の近代化に成功している。だが、それは武器という器を作ったに過ぎず、中身である軍人育成までが近代化されたわけではない。特に人民軍は海軍を持った経験がなかったため、艦載機や大艦隊を運用するノウハウがなかった。そのため、金に物を言わせて欧米の優秀な元軍人を雇って高度な軍事技術を貪《むさぼ》り食っているのだ。

午後六時二十分。

朝倉は、シャノンの部屋で捜査資料を見ていた。

シモンズは持ち場に戻ったが、ロシアの暗号文の内容を艦長にだけ口頭で報告することになっている。シモンズの指示でテキストはプリントアウトしていない。

「顔認証でピックアップされた四人の対象者の資料を配布されているので、ある程度内容は把握していると思う。捜査員が全員揃ったので改めて説明する。対象者は甲板作業員が二名、機関作業員が一名、通信員が一名。シャノン、顔認証のことを説明してくれないか」

ブレグマンが資料を手に言った。

朝倉とシャノン、ブレグマンにウォーカーまでいるので、流石《さすが》にゲストルームは息苦しさを覚える。そのため、ウォーカーは二段ベッドの上に座っていた。下はシャノンが使っているので、そこは気を遣っている。身長一八六センチもあるため、上段は窮屈そうだ。

ＰＣのディスプレーは２７インチとそこそこ大きいが、背後から三人で覗くには無理がある。そこで、部屋の奥の壁に掛けられている備え付けのテレビにもミラーリング（接続表示）されていた。画面には四人の乗員の顔写真が写し出されている。

「右側がＦＳＢの諜報員で、左側がこの艦の乗員の写真です。まずは甲板作業員の二人です。顔認証の適合率は、六十二パーセントと七十一パーセントです」

シャノンは画面を切り替えた。

「適合率が六十パーセント以下は、切り捨てた。六十パーセント以上というのも微妙だが、元の写真が不鮮明だから調べる価値はある」

ブレグマンは補足した。顔認証で適合と認証されるなら九十パーセントを超えるべきだろう。元の写真の問題もあるが、簡単な変装をしている可能性も含めて捜査範囲を敢《あ》えて広げたようだ。

「次は残りの二名です。機関作業員は六十八パーセント、通信員は七十九パーセントです」

シャノンは淡々と説明を続ける。

「暗号文は、この艦の通信室から発せられたものなのか？」

朝倉はブレグマンに尋ねた。顔認証の適合率から言っても通信員が一番怪しい。

「まさか。通信室の機材を使えば記録が残ってしまう。それは無理だ。衛星携帯電話機から暗号文を送ったらしい。傍受したのは海軍じゃないんだ」

ブレグマンは首をゆっくりと振った。

「衛星携帯電話機の通話まで傍受できるのか」

目を見張った朝倉は、小さく呟いた。通信の傍受といえば、ＮＳＡ（国家安全保障局）である。人を介した情報収集、ヒューミントを用いるＣＩＡの対極として、電子機器を使った情報収集、シギントがＮＳＡの得意とするところだ。

だが、衛星携帯電話機の通信を傍受するということは、中継している通信衛星をハッキングしているということだろうか。そこまで大規模なシギントとなれば、朝倉の想像を超えている。

「方法は詳しく話せない。もっとも、私も驚いている。これからは、うかうか衛星携帯電話機も使えないよ」

ブレグマンは苦笑した。

「配布された資料からは、四人の経歴に違和感は感じられなかった。それとも俺の資料の読み込みが足りないのか」

朝倉はブレグマンに尋ねた。四人の兵士の資料を見る限り、出身地から学歴、駐車違反歴などある意味、ごくありふれた米国人としての経歴であった。資料を検討しても仕方がない気がするのだ。

「私もそう思う。四人のFSBの諜報員は、いずれもロシア生まれだ。ただ、彼らは三十歳から三十四歳で、対象者との年齢的なギャップはない。四人の米軍兵士の記録は作られた物ではないことは分かっているので、もし、対象者がロシア人諜報員というのならどこかで本物と入れ替わったと考えるべきだろう」

ブレグマンは手持ちの資料をベッドに放り投げた。彼も資料からは得られるものがないとすでに悟っているようだ。

「入れ替わっている？　米兵は全員ではないがDNAサンプルを採取されると聞いている。兵士になってから入れ替わったのなら、DNAを調べれば分かるはずだ」

朝倉はテレビ画面に映っている兵士を指差して言った。不鮮明な顔写真ではなく、DNA鑑定をすれば、本人確認は科学的に証明できるのだ。

「DNA登録される兵士は、主に紛争地に行く兵士が対象だ。ただ、ロナルド・レーガンの場合は、対中国の最前線の空母ということで乗員はＤＮＡ登録される。対象の四人の兵士の軍歴は五年から九年で、この艦に乗り込んでからは一年半から三年になる。入れ替わるのなら、その前だろう。君の言うようにウォーカーとスローターは、対象者のＤＮＡサンプルを密《ひそ》かに採取していたのだ」

ブレグマンはウォーカーを見て言った。

「対象者に気付かれないように、三人の髪の毛や爪を採取しました。後一人というところで、ミラーが殺害されたのです。しかも、サンプルはミラーが保管していたのですが、それも紛失してしまいました。おそらく、犯人が持ち去ったと思われます」

ウォーカーが答えた。

「空母にはＤＮＡを解析できるようなラボがないため、四人分の検体が集まったところで本部に送ることになっていた。空母は作戦行動中なので、輸送は日本の米軍基地から送られてくる人員や物資を運ぶＣ２輸送機が頼りなのだ。私が昨日乗ってきたＣ２輸送機で厚木基地に送られる予定だった」

ブレグマンが悔しそうな顔をした。

「それじゃ、俺たちのなすべきことは、役に立たない資料を読むより、ＤＮＡサンプルの採取をすることじゃないのか？」

朝倉は強い口調で言った。

「そのつもりだ。説明しようとしていたんだ。君はせっかちなんだよ」

ブレグマンは肩を竦めた。

フェーズ3：四人の対象者

1

十一月八日午前六時十分。空母ロナルド・レーガン。

タイプ3の迷彩服を着た朝倉は、飛行甲板を走っていた。

離着艦訓練がない場合、飛行甲板の一部が自由に使えるのだ。アメフトのキャッチボールをする者もいれば、朝倉のようにジョギングをする者もいる。周囲に戦闘機がある風景に慣れれば、休日の公園のようだ。

訓練とはいえ作戦行動中なので、位置情報は知らされていない。だが、十一月にも拘わらず、南西の暖かい風が甲板に吹いている。日本列島の南にいるのだろう。

国際観艦式が日曜日に行われて翌日も訓練があったため、今日は航海・船務や機関部など空母を制御する部署以外は、休暇を入れているらしい。もっとも、部署ごとに当番を置いて最低限の活動ができるようにしてあるようだ。

艦橋がある右舷側のポイントと呼ばれる甲板の駐機スペースには、Ｆ１８が六機ほど駐機してあり、左舷船尾側にもＦ１８が三機、それにＣ２輸送機が翼を折り畳んだ状態で固定してある。飛行甲板の中央の縦が百二十メートル、横が三十メートルほどのスペースが開放されているのだ。

「早いな。毎朝走っているのか？」

艦橋の前を通ると、トレーニングウェア姿のブレグマンが並走してきた。

「基本的に毎日走っている。空母で走れるとは思わなかったがな」

朝倉は笑いながら息を整えた。開放エリアを二十周走っている。一周が三百メートルほどなので、六キロほど走ったことになるだろう。だが、狭い場所で走り回ると、同じ距離でもカーブが急なせいか疲れやすい。

「四人の対象者から、ＤＮＡ検体を取る良い方法を思いついたんだ」

ブレグマンは走りながら悪戯《いたずら》っぽく言った。

「刑事時代は、被疑者が触ったコップや瓶《びん》から採取したものだ。だが、この艦でそれができるのは食堂だけだ。食堂は沢山あるし、四人で見張ることはできない。しかも顔を知られている可能性もあるからな。俺たちだけじゃ無理だろう。一体どんな妙案なんだ？」

朝倉も方法を考えてきたが、いかんせん捜査員の数が足りない。目立つことなく見張るというのも不可能に近い。

「新型コロナと言えば、分かるか？」

ブレグマンはクイズのようにヒントを出した。

「新型コロナ？　……待てよ。ひょっとして、ＰＣＲ検査をするのか」

朝倉は、走りながら手を叩いた。

「さすが、勘がいいな。四人の対象者が所属する部署に濃厚接触の疑いがあるとしてＰＣＲ検査を実施するのだ。各部署に医務室から通達を入れるように要請してある。空母は抗体検査が徹底されているが、それでもコロナ感染者は出るからな」

ブレグマンは笑みを浮かべて頷いた。

「確かにいいアイデアだ」

朝倉はにやりとした。巨大な空母でも閉ざされた空間なので、新型コロナの陽性者が出たら即刻隔離するか退艦させることになっている。そのため、抗体検査は徹底されているそうだ。

二〇二〇年四月に空母セオドア・ルーズベルトで乗員四千八百人のうち六百人近くが新型コロナに感染し、うち一人が死亡している。同月十七日に海軍の軍医総監であるブルース・ギリンガム海軍少将が、調査を命じ、抗体検査が徹底されるようになった。現在はＰＣＲ検査も頻繁に行われるため、疑われることはないはずだ。

「軍医には、四人の対象者から採取した検査キットの保管を依頼してある。検査薬によってＤＮＡ検査ができなくなると困るからな」

ブレグマンは得意げに言った。

「そいつはいい。俺はあがるぞ」

朝倉はブレグマンに二周付き合うと、飛行甲板から下りた。腹が減ったので自室であるゲストルームではなく、食堂に向かった。外気は爽やかで汗をほとんど掻いていないのだ。いつもと違う一般兵用の食堂に入った。借りた迷彩服には階級章が付いていないので、むしろ士官用の食堂は入り辛いのだ。

「すげえ」

朝倉は目を見開いた。士官用食堂と違ってやたら広いのだ。席数は二百席近くあるだろう。四十人ほど食事をしているのだが、空席が目立つので違和感さえ覚える。

ビュッフェコーナーに並んでトレーを手に取った。ソーセージにカリカリに焼いたベーコン、オムレツ、朝から大ぶりのチキンもある。

朝倉はサラダを皿に盛り付けてから、ポテトにソーセージとベーコンとチーズ、それに少し長めで切れ目の入ったサンドイッチ用のパンを載せた。自分でサラダとベーコンを挟めばサブマリンサンドイッチになる。飲み物はトマトジュースを選んだ。我ながらいいチョイスである。

空いている席に適当に座ると、さっそくパンにサラダソースをかけたレタスとトマト、それにチーズとベーコンを挟む。ソーセージは挟むには太すぎるのだ。

「これは、美味そうだ」

朝倉は手製のサブマリンサンドイッチを両手で握って大口を開けた。

「ここに居たのか」

ブレグマンが目の前に立っている。

「一緒に食うか？」

朝倉はサブマリンサンドイッチにかぶりついて尋ねた。

「新たな死体だ。すぐに来てくれ」

ブレグマンが耳元で囁いた。

「何！」

朝倉は飲み込んだサンドイッチが喉《のど》に詰まりそうになり、トマトジュースを慌てて飲み込んだ。

「私は先に行く。食堂の表にシャノンを待たせてある。一緒に来てくれ」

ブレグマンは朝倉の皿からポテトを摘むと、食堂を出て行った。

「ついてないな」

朝倉はトマトジュースを一気に飲み干すと、サンドイッチを紙ナプキンで包んでタクティカルパンツのポケットにねじ込んだ。残りの料理はゴミ箱に捨ててトレーを片付け、食堂を出た。

「もうご飯を食べた……わけではなさそうね」

出入口近くに立っていたシャノンが困惑の表情を浮かべ、朝倉のタクティカルパンツを指差した。

「あっ、これか」

朝倉は慌てて右のタクティカルパンツの右ポケットからはみ出しているサンドイッチを手で押し込んで隠した。

「子供みたいね。案内するわ」

苦笑を浮かべたシャノンは、急ぎ足で歩き出した。

2

居住区デッキを出たシャノンはいくつものラッタルを下りて通路の奥へと進み、機関室と書かれたドアも通り抜けた。ビルで言えば四階は下りたはずだ。

彼女はブレグマンと一緒に空母に乗り込んできたが、すでに艦内の配置図を記憶し、迷路のような通路もすべて把握しているという。彼女は映像記憶能力を持っており、見たものを瞬時に記憶できる天才らしい。

「入っていいのか？」

朝倉は、出入り禁止と書かれたドアの前に立ったシャノンに声を掛けた。ドア横に保安中隊の兵士が立っている。しかも、ドアには放射線マークが記されているのだ。

「この先は、原子力エンジンがある機関部よ。マークがあるからって危険じゃないの。放射能漏れしていたら私たちは死んでいるから」

シャノンは警備兵にＮＣＩＳのバッジを見せ、ドアを開けて入った。

「それもそうだが」

朝倉は警備兵に軽い敬礼をしてシャノンに続いた。

ドアの向こうは、大小様々な機器にパイプが複雑に繋がっている大きな部屋だった。ちょっとしたプラント工場に迷い込んだ感じだ。

「原子炉エンジンは、まだ下のデッキにあるの。ここは原子炉冷却システムエリアよ」

シャノンは説明しながらきょろきょろしている。ブレグマンを探しているのだろう。

「パイプは、冷却システムか」

朝倉も頷きながら周囲を見回した。

「こっちだ」

大きなタンクの陰から顔を覗かせたブレグマンが、手を振った。

「チーフ！」

笑みを浮かべたシャノンが両手を振った。年齢は二十九歳と聞いているが、仕草が学生というか子供である。天才とはそういうものか。

「待たせた」

朝倉はシャノンに続いてタンクを回り込んだ。

タンクにもたれ掛かって男が座っている。一見眠っているかのように見えるが、男の首から大量の血が流れていた。すでに死んでいることは明白である。ウォーカーが、青白い顔でデジタル一眼レフカメラで死体を撮っていた。発見されて間もないようだ。

「この男は機関士だな。頸動脈《けいどうみゃく》を切断されているのか」

朝倉は死体の前で跪き、首の周りを観察して言った。死体は四人の対象者の一人だった。

「切断されたのか、あるいは自ら切断したのかは、今のところ分からない」

ブレグマンは、死体の右手をニトリルの手袋を嵌めた手で軽く持ち上げた。

「何！」

朝倉は眉を吊り上げた。死体の右手には小型のコンバットナイフが握られていたのだ。ナイフの刃先には血がべっとりと付着している。自分で首を切った可能性もあるということだ。

「どうしたもんか」

ブレグマンは腕組みをし、鋼鉄の天井を見上げた。

「自殺の可能性があるとしても、こんな人気のない場所で死ぬか。まあ、自室は四人部屋だから、逆に死に場所としては適しているのか」

朝倉は立ち上がって独り言を呟いた。

「死亡したブレイク・ディアスは、一つ下のデッキにある機関制御室の担当だ。冷却システムエリアの担当じゃない。しかも、冷却システムエリアは、メンテナンス以外で普段は人の出入りはないそうだ」

ブレグマンが腕組みをして答えた。

「米国ではどうか知らないが、日本では刃物の自殺はリストカットが多い。首というのは珍しいと思う。そして、死体にためらい傷がないことが腑《ふ》に落ちない。それにナイフの向きが不自然だ」

朝倉は自分のスマートフォンを出し、死体の手元を撮影した。通信はできないがカメラやメモ帳として使えるので、いつも持ち歩いている。ディアスの右手には刃を下向きにナイフが握られている。

自分の首を切るのなら、刃を上向きに持つ方が自然だ。下向きの場合は、手首を返さなければ自分を切ることができない。

「そこまで見ていなかった。他殺の線が濃いのか。こうなったら、強行捜査するしかないかな」

ブレグマンは大きな溜息を吐《つ》いた。

「だが、残りの三人の容疑者候補を挙げるだけの物証は何もないだろう。そもそもＤＮＡ鑑定もしていないのだぞ」

朝倉は死体を見ながら首を横に振った。物証がないのに殺人罪で起訴するのは、厳しいはずだ。

「重要なことを二つ忘れているな。ここは公海上で法の縛りはない。それに乗員はすべて軍人だ。民間人ほど人権を問われることはない。艦長の許可さえあれば、拘束できるんだ」

ブレグマンは鼻先で笑った。

極秘捜査ということで艦長から許可を得ている。殺されたスローターの遺族にも口止めしてあると聞く。だが、刺殺となれば話は変わるだろう。

「三人の対象者を一斉に拘束するのか？」

朝倉はブレグマンをちらりと見た。

「他に方法があるか？」

ブレグマンは肩を竦めた。

「誤認逮捕だとしても、問題ないのか？」

朝倉は首を捻った。朝倉はもちろん特捜局も公海上の捜査は、経験がないのだ。

特捜局の捜査員は、一般司法警察職員である警察官と、特別司法警察職員である自衛隊警務官の二つの職種の権限を有している。その他にも、海上保安庁の職員である海上保安官と同じ職権も与えられているが、経験値がない。今後特捜局の活躍の場が増えれば、それなりに専門的知識と経験を持つ職員を増やすべきだろう。

「ＮＣＩＳの公になっていない理念だが、公海上では、疑いをかけられた本人が、無実を証明する義務があると考える。閉ざされた空間では、殺人容疑者を先に確保して犠牲者が増えるのを防ぐ。疫病患者と同じで、容疑者だけでなく、被害者も艦の中から逃れようがないからだ。容疑をかけられた段階で隔離しなければ、疫病のように死が蔓延《まんえん》すると考える」

ブレグマンは厳しい表情で答えた。

「日本なら不当逮捕だと言われかねないな。そもそも、自衛艦に逮捕権を持つ警務隊員が、乗員として乗り込むこともないからな」

朝倉は小さく頷いた。文化の違いもあるが、五千人もの将兵が乗船するような艦を運用する上では必要なことなのだろう。

「一斉逮捕は治安部隊の兵士に声を掛ければ、人手は足りる。君は高みの見物をしていてくれ」

ブレグマンは朝倉に親指を立てて見せた。

「どのみち俺には、この艦では逮捕権はない。見ているほかないだろう」

苦笑を浮かべた朝倉は死体の首の傷口が気になって腰を落とした。

「指紋採取をしたことはあるか？」

ブレグマンが尋ねた。

「今の職場になってから経験済みだ」

朝倉は右手を伸ばした。日本の警察は捜査員が鑑識作業をすることはない。だが、中央警務隊は鑑識作業もこなす。特捜班として立ち上げた際に朝倉は人手不足もあったが、捜査員の知識を深める上でも中央警務隊に倣ったのだ。

「それは頼もしい」

ブレグマンはポケットからニトリルの手袋を出して朝倉に渡した。

3

午前九時五十分。

殺人現場の鑑識作業を終えた朝倉は、原子炉冷却システムエリアから出た。

三時間ほど掛かったが、ブレグマンとウォーカー、それにシャノンも加わって死体が発見されたエリアは満遍なく調べている。

指紋や靴跡を採取する機材や顕微鏡など最低限必要な鑑識道具は、ブレグマンが持ち込んでいたので物理的な証拠は集められる。だが、空母には化合物の同定・定量に用いられるガスクロマトグラフィーやＤＮＡを鑑定するシステムはないため、鑑識で得られた証拠を科学的に分析することはできない。

「さすがに腹が減ったな。先に飯を食うか」

ブレグマンは機関室を出ると、ハンカチで汗を拭きながら言った。原子炉を冷却するシステムの部屋だったが、死体があった場所は機械熱のために意外と暑かったのだ。

「俺はサンドイッチ持参だぞ」

朝倉は得意げにタクティカルパンツのポケットを軽く叩いた。

「サンドイッチ？」

ブレグマンが振り返って首を傾げた。

「なっ！」

ポケットに手を突っ込んだ朝倉が、右眉を吊り上げた。紙ナプキンを取り出すと、サンドイッチが崩れて床に落ちたのだ。鑑識作業中は、立ったり、腰を落としたりと動きまわったのでボロボロになったのだろう。

「サンドイッチって、そのゴミのことか？」

ブレグマンは床に落ちたパンを指差して笑った。

「これでもサンドイッチだった。食堂に行こう」

朝倉は慌てて拾って紙ナプキンに包むと、ポケットに捩じ込んで笑った。

ブレグマンはラッタルを上って、格納庫下のデッキにある食堂に案内した。

百人前後入れる席数があるが、格納庫にテーブルを並べただけのような雑な感じがする。食事をしているのは、機関部の作業兵が多いようだ。

「メニューに遜色はないようだな」

トレーを取った朝倉は、ビュッフェコーナーを覗き込んでにやりとした。


二十分後、遅めの朝食を終えた朝倉とブレグマンは、再びラッタルを下りて霊安室に向かった。

霊安室のドアを開けると、ひんやりとした空気が体にまとわりつく。

シャノンは、機関士ブレイク・ディアスの足取りを調べるために機関部に聞き込みに行っている。艦内の監視カメラの映像も艦長の許可が得られれば、彼女が調べることになっていた。

ウォーカーは、死体を見るのは苦手なのでシャノンと行動を共にしている。捜査官としての資質を問われるが、それが原因で艦艇勤務になったのだろう。

部屋の中央に移動式の手術台があり、ビニールシートの上にディアスの死体が置かれている。死体の移送を治安部隊のヘンダーソンに頼んであったのだ。

「ここで検死解剖するのか？」

朝倉は裸にされた死体を見て言った。ブレグマンが霊安室に向かったので、冷凍保存する前の死体を調べるだけだと思っていたのだ。だが、移動式の手術台の上に裸の死体が載せてあるということは、検死解剖するということである。

出入口のドアが開き、金属製のケースを右手に提《さ》げた白衣の男性が現れた。軍医のデーブ・フォックス少佐である。

「まさか続けて検死解剖とはね」

フォックスは、手術台の横に置かれたワゴンに金属ケースを載せた。ケースを開くと、手術用の道具が入っている。フォックスは中から金属トレーを出し、その上にメスや鉗子《かんし》を整然と並べた。

「医務室の手術台で、死体を解剖すると乗員が嫌うんだ。昔から海の男は縁起《えんぎ》を担ぐからね。そもそも、検死解剖なんて普通しないからな」

フォックスは訝《いぶか》しげな顔をしている朝倉を見ながら苦笑した。

「今さら遅いかもしれないが、血液サンプルを取って欲しい」

朝倉は金属トレーに載せられた、検体を採取するための注射器を見て言った。フォックスは優れた医師かもしれないが、監察医ではない。あらかじめアドバイスしておいた方がいいと判断したのだ。

「もちろん採取するつもりだったが、……毒物が混入している可能性か。時間が経てば分解消滅する種類もあるかね。すぐに採取しよう」

頷いたフォックスは注射器を取った。

「被害者のブレイク・ディアスは機関兵だが、マーシャルアーツの達人と資料に記されていた。身長が一八六センチと体格もいい。その男を苦もなく殺せるのなら、犯人は相当な格闘技の使い手か、あるいは毒物を盛った可能性がある」

朝倉は渋い表情で言った。

「私もそう思っていた。争ったのなら死体に痣《あざ》の一つもあっていいはずだが、見当たらないからね。

麻酔薬を使ったかもな。錠剤で飲ませたのかもしれないが、直接注射した可能性もある」

ブレグマンは小さく頷いた。

「それなら、先に体に注射痕がないか調べる必要があるな」

フォックスは注射器を金属トレーに戻した。

「体表を調べるなら、手伝いますよ」

ブレグマンはポケットからニトリルの新しい手袋を二つ出し、朝倉の顔を見た。

「俺も右目の視力はいいんだ」

朝倉は手袋を受け取った。

4

午後三時。

朝倉とブレグマンは、検死解剖に立ち会ってからシャノンのゲストルームに集まった。

「ブレイク・ディアスの検死解剖で分かったことは、死後七、八時間ということと、自分の首を切ったということだ。首の傷痕とナイフの形状が一致した」

ブレグマンは、シャノンとウォーカーに説明した。

「でも、ナイフが不自然な形で握られていたんでしょう？　殺害後に握らされた可能性もありますよね？」

シャノンが反論するように尋ねた。

「ナイフは、顎《あご》の下から顎の骨に沿って右耳下近くまで切られていた。ナイフの柄からディアスの指紋が検出されている。しかもナイフを握った状態の指紋だ。首を切られてから、第三者に握らされたような指紋じゃないんだ」

ブレグマンはボールペンを握ると、自分の首を顎に沿って切る仕草をした。死後、他人にナイフを握らされて付いた指紋は、指先の力の入り方が違うため分かるのだ。

「それじゃ、自殺だったんですか？　他殺の線は消えたんですか？」

シャノンは首を傾げた。ウォーカーは二段ベッドの上に座り、彼女とブレグマンのやり取りを真剣な眼差《まなざ》しで見守っている。

「麻痺《まひ》状態でナイフを握らされ、ナイフで殺害された可能性はないだろう。麻酔薬か弛緩剤《しかんざい》が使われたのではと疑ったが、身体に注射痕はなかった。だが、服用した可能性も考えて採取した血液の検体は医務室の冷蔵庫に冷凍保存してある。明日、嘉手納《かでな》基地からC２輸送機が来るそうだ。それに三人の容疑者候補のＤＮＡとディアスの血液検体を載せる予定だ」

ブレグマンは頭を掻いて答えた。

「それって、他殺を疑う証拠はまだ得られていないということですか？」

シャノンはブレグマンと朝倉の顔を交互に見た。

「まあそうなんだが、そこは俊暉の説明を聞いてくれ」

ブレグマンは朝倉に顔を向けた。

「可能性の問題だとは、先に断っておこう」

朝倉は捜査資料を一枚取ると、細長く折り畳んで片方の端を三角に折った。凶器のナイフの形にしたのだ。

「アラン。相手をしてくれ」

朝倉は手招きしてブレグマンを自分の前に立たせ、ナイフの形にした紙を渡した。

椅子に座っていたシャノンは、立ち上がって壁際まで下がった。

「私がディアスの役だ」

ブレグマンは紙ナイフを右手に持つと、朝倉に向かって突き出した。

「これは、日本の特殊部隊でも教える技だ。もとは日本の古武術を参考にしている」

朝倉は説明しながら左に体を開き、ブレグマンの突き出された右手を避けた。同時に右手でブレグマンの手首を摑んで捻り、左手でブレグマンの腕を前に崩した。

「問題は、ここからだ」

ブレグマンは手を捻られて体勢を崩しながら言った。

「紙のナイフの切っ先をよく見ていてくれ」

朝倉はブレグマンを引き崩しながら、その紙ナイフを持った右手をさらに捻る。すると紙ナイフの切っ先がブレグマンの顎下から顎の骨に沿って右耳の下まで伸びた。

「ああー！　それって被害者の傷口と同じ！」

シャノンが声を上げた。

「捻る角度にもよるが、手首の回転に伴い、ナイフの切っ先は顎下に突き刺さった後、下から上に向かう。その結果、顎骨に沿うように切り裂くことになるはずだ」

朝倉はそう言うと、ブレグマンの腕を離した。

「逆にナイフを自分で持って首を切る場合、腕の関節の構造的な問題でナイフの刃が上だろうが下だろうが、真横に引くか、上から下に切り裂くのが自然なんだ」

ブレグマンが実際に紙ナイフの刃を上下二通りの持ち方をして数パターン見せた。下から上に切り裂くのは、側《はた》から見ていても不自然に見える。

「本当だ！　すごい！」

シャノンが手を叩いた。

「喜んでいるが、手首の柔らかい体質ならこの限りではない。下から上に切り裂くこともできるだろう。だから、あくまでも参考に過ぎないんだ」

朝倉は溜息を吐いた。ブレグマンに説明した時は自信を持っていたが、改めて実演すると可能性に過ぎないことがよく分かったのだ。

「まあ、俺たちからの報告は以上だ。シャノン、聞かせてくれ」

ブレグマンはテレビ下にあるソファーに腰を下ろした。

「あの、期待されては困ります。というか、いい報告とは言えません」

シャノンの声が小さくなった。

「遠慮はいらない。私たちの情報も期待外れだったからな」

ブレグマンは首を左右に振った。

「まずは、五日の第一の殺人ですが、死亡推定時刻の午後九時から十時までの間、四人の候補者は全員夜勤でした。夜勤の勤務時間は三時間交代で、彼らは午後九時から零時まで持ち場にいたことは証言と監視カメラの映像で確認しました。また、昨日の第二の殺人では、候補者三人のうち甲板作業員である二人は、居住区から出ていないことを監視カメラの映像で確認しています。それから通信員である候補者は、昨夜はローテーションで零時から三時まで艦橋の通信室にいました。当番が終わってから仲間と食堂に行き、四時までいたのを目撃されています」

シャノンはタブレットＰＣを見ながら説明すると、首を横に振った。第一の殺人と同じく、今回も殺害現場付近の監視映像は乱れていた。アリバイを確認するほかないのだ。

「全員にアリバイがあるんだな。彼らは元々ＦＳＢの諜報員として疑いが掛けられていた兵士だ。だからといって殺人容疑をかけるというのも苦肉の策だったし、犯人でないとしても不思議ではないな」

ブレグマンは自分の頭を掌《てのひら》で叩いた。

「殺人の容疑者がいなくなっただけだ。引き続き残り三人は監視下に置き、殺人事件の捜査をすればいい」

朝倉は動じなかった。

5

午後五時。市ヶ谷防衛省C棟。

国松と中村、佐野と野口が会議室の椅子に座っている。ロナルド・レーガンにいる朝倉からの連絡は、幹部会議を兼ねて四人で聞くことにしているのだ。

朝倉からは、サポートできることはないため平常業務に戻るように言われていた。昨日より連絡の一方通行を防ぐため、米軍が使っているメールアドレスで朝倉に報告ができるようになった。もっとも、朝倉がメールを確認できるのは、八時間ごとの通信可能時間だけである。

国松の衛星携帯電話機が鳴った。

「ハロー。国松です」

国松は電話に出ると、スピーカーモードにしてテーブルの中央に置いた。

――ご苦労さん。簡単に報告する。我々が追っていた四人、いや三人に減ったが、少なくとも殺人犯でないことが分かった。詳しくはメールを見てくれ。

朝倉は抑揚のない声である。捜査が行き詰まって疲れているのだろう。

「えっ。そうなんですか。振り出しに戻ったということですか？」

驚いた国松は、佐野らの顔を見た。

――まあ、そういうことだ。中途半端な切り口じゃなく、捜査を進めるだけだがな。

朝倉の低い笑い声が聞こえた。そもそもＦＳＢ課報員の候補者だからと殺人容疑をかけるのは、無理があったということだろう。はっきりしたことですっきりしたのかもしれない。

「我々はまだ手伝えそうにありませんね」

国松は溜息を殺して言った。

――すまない。俺は当分帰れないから、そっちは頼んだぞ。晋さん、捜査部をよろしくお願いしますよ。

朝倉は佐野にも理解できるように、できるだけ簡単な英文を使った。

「あいよ」

佐野が小気味いい返事をすると、通話が切れた。

「留守番。辛いですね」

中村が大袈裟《おおげさ》に首を振って見せた。

「何が辛いだ。馬鹿者」

国松がめくじらを立てた。

「そう言われても、特捜局は今、事件を抱えていないじゃないですか」

中村は肩を竦めて見せた。

「特捜局の扱う事件は限られている。副局長から、通常業務と言われているだろう。忘れたのか？」

国松は中村を睨みつけた。

「わっ、忘れていませんよ」

中村はぎこちない笑みを浮かべて右手を左右に振った。

「今さら言うまでもないが、事件がないときは、全国の捜査機関から受けている相談や要望に応えるのが通常業務なんですよ。特捜局はなんだかんだいっても、まだ若い組織です。ゆくゆくは組織を何倍にもして米国のＦＢＩのような組織にするという青写真があるようですが、とてもじゃないがノウハウがない。経験値を積むには全国の捜査機関から情報を収集することですよ」

佐野は微笑《ほほえ》みを浮かべて中村を諭すように言った。

「那覇《なは》警察署と福生《ふっさ》警察署から相談がきているので、明日、私が那覇にいくつもりです。福生の方は、警課でお願いできますか？」

国松は佐野に書類を渡した。米軍関係の相談は、窓口である防課に来るのだ。だからと言って防課がすべて対処するわけではない。

「おっ、沖縄に行くんですか？　聞いていませんよ。しかも、私抜きで」

中村は自分を指差し、声を裏返した。

「聞いていないって、今言った。何が『しかも』だ、偉そうに。課長と主任が揃って沖縄に行ったら、誰が指示を出すんだ。もし、副局長から緊急の指示を受けても、俺とおまえが不在だったら動けなくなるだろう」

国松は書類を丸めて中村の頭を軽く叩いた。

「そっ、そうでした。留守は私めにお任せください」

中村は仰々《ぎょうぎょう》しく頭を下げた。

「遊びに行くわけじゃないからね。遠いところ申し訳ない。明日、私が福生に行ってくるよ」

佐野は書類を受け取ると、席を立った。


午後六時二十分。

佐野は野口と赤坂のみすじ通りを歩いていた。

「佐野さんって、やっぱりいい人ですよね。仕事が終わってからもこうして足を使っている」

野口が通りの飲食店のネオンを見ながら言った。腹が減っているのだろう。

「お人好しとはよく言われるよ。おまえこそ、私に付き合っているんだろう。まあ、帰りに赤坂まで来たついでに〝桜〟に行こうとは思っているがな」

佐野は息を漏らすように笑った。〝サンライフ企画〟の社長である伊藤の脱税をむざむざと見逃すつもりはない。だが、佐野は税務署に通報するつもりはなかった。そこで、伊藤に自ら修正申告をするように勧めるつもりなのだ。

ちなみに〝桜〟というのは、東京メトロ銀座線虎《とら》ノ門《もん》駅にほど近い場所にある居酒屋で、元捜査一課の刑事だった畑野《はたの》が一人で営んでいる警察官御用達《ごようたし》とも言うべき赤提灯《あかちょうちん》である。

二人は〝赤坂千野ビル〟の五階に上がり、〝サンライフ企画〟のドアを開けた。訪問することは事前に電話で知らせてある。

「いらっしゃいませ」

伊藤が目の前に立っていた。他に誰もいないようだ。社員に見られないように早く帰したのかもしれない。二度も捜査官が訪ねてくるのは、おかしいとさすがに訝っているはずだ。

「また、お邪魔しました」

佐野は気さくに右手を上げた。

「立ち話もなんですから、下のスナックに行きませんか？　馴染みの店なので貸切りにできますし、可愛い女の子もいますよ」

伊藤は両手を擦り合わせて尋ねた。酒を飲ませようというのだろう。金品を受け取らなくとも、接待行為を受けることで斡旋《あっせん》収賄罪に問われる可能性もある。伊藤はすでに佐野の目的を察知し、懐柔しようとしているのだろう。

「そういうのは、いいですから」

佐野は首を振った。笑みは消え、目は鋭く伊藤を射貫いている。佐野の最も嫌っているのは、罪を逃れようとする行為だ。

「そっ、それじゃ、座ってお話を」

伊藤は佐野の視線を外し、窓際の応接エリアに佐野らを案内した。

「実は伊藤さんのことを色々調べさせてもらいました。例えば、納税記録とか、取引先への請求書とか、会社と個人の銀行口座とか、云々《うんぬん》です。何か、心当たりはありませんか？」

佐野はさりげなく言ったが、野口と寝る間も惜しんで調べ上げたことである。

「かっ、確定申告のことですか。そのことでしたら、……そうだ、税理士さんと修正申告しようか相談しているところでした」

伊藤は笑っているが、目が泳いでいる。だが、したたかな男だけに適当に修正申告をしてお茶を濁す可能性はある。

「税の申告は正しくしていただけば問題はないかもしれませんね。私は警視庁の捜査一課にいましたが、捜査二課に今も知り合いがいます。あそこが動かなければいいと思いますよ。二課が動けば、横領、背任などで刑事訴追ということもあり得ますからね。脱税で刑務所に入ることはなくても、刑事事件として扱われたら罪の重さも変わります。容赦はありませんよ」

佐野は両の手首を合わせてみせた。手錠を掛けられるという仕草である。

「ええっ！　かっ、勘弁してください」

伊藤は甲高い声を上げた。

「だから、言ったでしょう。税の申告は正しくしていただけば問題ないと。私はいつでも本気を出せますから」

佐野は笑みを浮かべて頷いた。刑事が本気を出すというのは、逮捕状を取ってくるという意味である。

「ほっ、本当ですか？」

伊藤は涙目になって聞き返した。

「我々は罪を咎めるよりも罪を作らないようにすることの方が、大切だと思っていますから」

野口が伊藤の肩を優しく叩いて名言を吐いた。佐野の受け売りである。

「あっ、ありがとうございます。絶対、修正申告をします。なんと、お礼を言ったらいいものやら」

伊藤は何度も頭を下げた。

「あなたが、申告してくださることが、最高のお礼ですよ」

佐野は、いつもの柔和な表情で答えた。この顔に凶悪犯も心を許すのだ。

「本当にお咎めなしなんですか?」

伊藤は佐野の顔をまじまじと見た。ようやく信じる気になったらしい。

「それでは、失礼します」

佐野は軽く会釈すると踵《きびす》を返し、部屋を出た。

「佐野さんは、やさしいだけに怖いっすね。真顔を初めて見た時は、私もぞっとしましたよ。間違いなく伊藤は税務署に行きますね」

エレベーターの呼び出しボタンを押すと、野口は小声で言った。

「まあな。そう望むよ」

佐野はむっつりとした表情で小さく頷いた。

「あのお、ちょっと待ってください」

会社の出入口から飛び出してきた伊藤が、駆け寄ってきた。

「どうされました?」

佐野が首を傾げた。

「あの、実は、ロナルド・レーガンから離艦する時、ちょっと変なことがありましてね。相手は米軍だから関わると面倒だと思って言わなかったことがあるんですよ。隠すつもりはありませんでしたが、『何か変わったことはなかったか』と聞かれたでしょう。私も気になっていまして、お話しした方がいいかと」

伊藤が佐野と野口の顔を交互に見て言った。佐野にほだされて情報を提供する気になったらしい。

「変なこと？」

佐野が僅かに首を傾げた。

「バックパックを担いだ甲板作業兵が、離艦直前にC2輸送機に乗り込んできたんですよ。それだけなら、別におかしくはありません。向かった先は横田《よこた》基地ですから交代要員かと誰しも思うでしょう。しかし、その甲板作業兵は、横田基地へ着陸する前に機内で私服に着替えたんですよ」

伊藤は佐野の目を見て言った。

「休暇を許された兵士なら、あり得るんじゃないですか？」

野口が横から尋ねた。

「我々もそう思っていました。横田基地に戻ったのは、我々と米国のジャーナリストが三名、それに数名の米兵でしたが、他の米兵は着替えなかったんです。C2輸送機は進行方向とは逆に座席が後ろを向いており、着替えたことに気が付いたのは、我々だけでした。米国のジャーナリストや米兵は後部座席に座っていたんです」

「だとしても、何が変かはちょっと理解できませんが」

野口が首を振って佐野の顔を見た。

佐野は、伊藤をじっと見ているだけで黙って聞いている。伊藤の表情筋を見て真偽を確かめているのだ。

「もちろんそうです。着替える時も堂々としていたので、我々も怪しみませんでした。しかし、彼は兵士としてではなく、我々と一緒に民間人として基地を出て行ったのです」

伊藤は夢中で話している。当時の様子を頭に浮かべているらしい。

「なんだって！」

佐野が両眼を見開いた。

フェーズ4：離艦した男

1

十一月九日午前九時二十分。空母ロナルド・レーガン。

特捜局の制服に着替えた朝倉は、C２輸送機格納庫の座席に座っていた。

今朝、朝倉がスマートフォンを確認したところ、国松から英語で書かれた捜査報告のメールが入っていた。午前一時の通信可能時間帯に届いたメールである。

洋上ではスマートフォンを外部との通信機としては使えない。だが、外部から入ってきたメールは、ロナルド・レーガンの通信室で通信員が確認した上で艦内のＷｉ-Ｆｉ経由でスマートフォンに送ってくれるのだ。そのため、メールのテキストが英語でない場合は、弾《はじ》かれると聞いている。

国松の捜査報告は、ロナルド・レーガンに乗り込んでいた〝サンライフ企画〟の社長である伊藤から得た驚くべき証言だった。伊藤が乗り込んだC２輸送機に甲板作業兵と思《おぼ》しき男が、一般人として横田基地から出たというのだ。伊藤は佐野が脱税を通報しないと教えられたお礼代わりに情報を提供したらしい。温情で落とすという「仏の佐野」の真骨頂というべき手腕のお陰だろう。

朝倉はブレグマンと相談し、離艦した謎の男を追うことにしたのだ。ブレグマンは朝倉から情報を得てすぐにロナルド・レーガンの全乗員の所在を確認した。だが、不思議なことに欠員はいなかった。謎の男は、乗艦する際も正式に乗り込んでいない可能性が出てきたのだ。また、第一の殺人後に離艦したことから、容疑者としては有力となった。

朝倉は二時間ほど前に嘉手納基地から飛来したC2輸送機で、日本に戻ることになった。また、飛来したC2輸送機には、NCIS本部からブレグマンの部下であるマルテス、フォックス、ベンダーの三人が応援で乗り込んでいた。朝倉の欠員は、充分に補えるのだ。

——離艦スタンバイ。各自シートベルトを再度確認せよ。

C2輸送機のターボプロップエンジンの騒音に混じってパイロットからの機内放送が聞こえた。朝倉も含めて民間人は乗っていないので、命令口調である。

直後、C2輸送機は轟音《ごうおん》とともに発進した。

「むむ」

朝倉の体にGがかかり、シートベルトごと後ろに引っ張られる。

C2輸送機は瞬く間に離艦し、空に舞い上がった。カタパルトから放たれた衝撃でシートに押しつけられたが、無事に離艦してほっとした。

一時間後、C2輸送機は嘉手納基地に着陸した。

「朝倉少佐ですか？」

後部ローディングドアを下りたところで、米空軍少尉が声を掛けてきた。朝倉の階級は三等陸佐だが、その呼び名は米軍にはない。

「そうだ。シモンズ少尉か？」

朝倉は軽い敬礼をした。嘉手納基地で空軍警備隊のシモンズが出迎えると、ブレグマンから聞かされていたのだ。

「空軍警備隊、シモンズです」

左腕にＳＦの腕章を付けたシモンズは敬礼すると、朝倉の左手のジュラルミンケースをチラリと見た。

ケースの中身は、ＦＳＢ諜報員と疑われている三人の兵士のＤＮＡ検体と殺害されたディアスの血液検体である。もともと嘉手納基地から来るＣ２輸送機の帰り便に載せることになっていたのだが、ブレグマンから託されたのだ。

「それじゃ、頼んだ」

朝倉はジュラルミンケースをシモンズに差し出した。

「了解しました」

シモンズは敬礼すると、ジュラルミンケースを受け取って立ち去った。彼はキャンプフォスターにある米海軍病院に検体を届ける。そこで採取した検体を解析するのだ。

朝倉はＡＭＣ・パッセンジャー・ターミナル（空軍乗客ターミナル）に向かった。滑走路脇にある空港ターミナルだが、この基地から入出国する際は、ここで審査を受けることになる。米軍基地内とはいえ、地方の空港ビルほど規模があるのだ。

空母からの帰還なので、入国審査は必要ないが基地に入ったという証明を受ける必要があった。朝倉はNCISから発行されたビジター証明書をカウンターで見せて、基地内に入ったという許可印を押してもらう。

カウンター近くに二人の警務官が立っていた。一人は那覇航空自衛隊の警務官の亀岡《かめおか》一等空曹で、もう一人は那覇駐屯地の警務隊に所属する大城《おおしろ》陸曹長である。大城は朝倉が沖縄に出張する際の世話係のような存在だ。

国松にはロナルド・レーガンから離艦することをメールで知らせてあり、本部までの移動手段の手配も頼んでいたのだ。

「朝倉三佐」

亀岡が敬礼すると、その横に並んだ大城も敬礼した。階級章が二人とも以前とは違っている。亀岡は曹長に、大城は准尉に昇格していた。

「ご苦労さん。二人の出迎えとはね。まさか国松が二人に連絡をしたのか？」

朝倉も敬礼を返して苦笑した。警務隊とはいえ、二人とも所属も駐屯地も違うからだ。

「国松さんから連絡を頂いたのは、私です。ただ、大城さんも朝倉さんに会いたいだろうと思いまして、連絡をしたのですが、もともと特捜局に用事があったようです」

亀岡が笑顔で気さくに答えた。この二人とは特捜班創設時代からの付き合いなので儀礼的に挨拶を終えれば、年齢も近いので友人のようなものだ。

「あいにく本土に向かう輸送機がないので、民間機での移動をお願いします。もっとも、米軍輸送機は便があるかもしれませんが、我々では手配できませんので」

大城は朝倉の顔色を窺うように見た。

「そこまで急いで東京に戻るつもりはない。輸送機の乗り心地が悪いことは万国共通だ。それより、俺に何か用があったのか？」

朝倉は歩きながら尋ねた。今回はＮＣＩＳに捜査協力をしているので、彼らに要請すれば米軍輸送機を使うことができる。急ぐつもりがないこともあるが、国内で騒音問題を起こしている米軍輸送機に進んで乗ろうとは思っていないのだ。

「実は、米軍絡みで特捜局にご相談したいことがあり、国松さんに要請を出していたのです。国松さんからは、わざわざこちらにいらっしゃると連絡が入っていました。ところが、朝倉さんが急遽こちらにいらっしゃると亀岡さんからお聞きし、お出迎えにきたわけです。国松さんには、二度手間になるといけないと思い、勝手ながら私からお断りの連絡をしておきました」

大城は頭を掻きながら頭を下げた。

「俺で用がすむのなら、経費の節約になる」

朝倉は豪快に笑って大城の背中を叩いた。

三人はパッセンジャー・ターミナル前の駐車場に向かう。駐車場の端に二台の無骨なパトカーが停めてあった。パジェロベースの７３式小型トラックである。

「私は朝倉さんを那覇空港まで送るつもりでしたが、大城さんに任せた方がよさそうですね」

亀岡が73式小型トラックの前で立ち止まって言った。

「勝手を言って、申し訳ないです」

大城が頭を下げた。

「今度ゆっくりして行ってください」

亀岡は笑みを浮かべた。

「その時は、泡盛で一杯行こうか」

朝倉はもう一台の73式小型トラックの助手席に乗り込んだ。

「ありがとうございます。失礼します」

敬礼した亀岡は、自分の73式小型トラックに乗り込んで先に出て行った。

「とりあえず基地の外に出ますが、朝食は摂《と》られましたか」

大城はエンジンを掛けながら尋ねた。

パッセンジャー・ターミナルから嘉手納基地の南ゲートまではいくつかレストランがある。

「大丈夫だ。ロナルド・レーガンでタダ飯を腹一杯食ってきた。気にするな。どこでも付き合うぞ」

朝倉は腹を叩いてみせた。離艦前に米軍の迷彩服から特捜局の制服に着替えていたので、士官用の食堂で朝からチキンとステーキを食べてきたのだ。

「それでは、駐屯地までご案内します」

頷いた大城は車を出した。

2

四十分後、朝倉を乗せた７３式小型トラックは陸上自衛隊那覇駐屯地のゲートを抜け、第十五旅団司令部横の駐車場に停まった。

車を降りた大城は、司令部に隣接する建物に朝倉を案内した。大きな建物ではないが、第１３６地区警務隊の庁舎である。

大城は朝倉を玄関に近い会議室に通した。長テーブルを挟んで椅子が八脚並んでいる。

「旅団長に挨拶しろと言われるのかと思ったよ」

朝倉は椅子に腰掛けて冗談を言った。

「まさか。ただ、朝倉三佐の活躍を聞いた旅団長は一度会ってみたいと仰《おっしゃ》ったそうですよ。隊長からそう聞きました」

大城は真面目な顔で答えた。

「おいおい、やめてくれ。俺がそういうのが苦手なことを知っているだろう」

朝倉は首を振って苦笑すると、顎の無精髭《ひげ》を摩《さす》った。いつもはシェーバーで髭を剃《そ》るのだが、身一つでロナルド・レーガンに乗り込んだので髭を剃っていないのだ。艦内のコンビニでそのうち剃刀《かみそり》でも買うつもりだった。制服を着る時の身だしなみとしては、無精髭は相応しくない。

「上官を呼んできますので、ここでお待ちください。失礼します」

大城は出入口で頭を下げて出て行った。気働きができて、真面目な男である。中村と正反対の性格と言えよう。

朝倉はスマートフォンを出すと、国松に電話を掛けた。極秘捜査をしているので移動中は掛けることができなかったのだ。

「連絡が遅くなった。今、那覇駐屯地にいる」

――お疲れ様です。私の代わりに警務隊に行っていただき、恐縮です。

「タイミングが良かっただけだ。頼んでおいた件はどうなっている？」

朝倉は国松に横田米軍基地と周辺の監視映像を確認するように命じていた。

――私と中村で横田基地に向かっています。ご安心を。

国松は落ち着いた声で答えた。彼も捜査官としては貫禄が出てきただけに、安心感がある。

「被疑者の顔写真が手に入るか、移動手段が分かったら、すぐさま自衛隊横田基地の警務隊にも声を掛けるんだ。局長から要請を出してもらえ。聞き込みはローラー作戦でやるぞ」

朝倉は次々と指示を出した。監視映像に被疑者が映っていたとしても顔が特定できるほど鮮明とは限らない。服装や体型などの特徴だけで捜査しなければならない可能性の方が高いだろう。それなら人海戦術で対処すべきだ。

――極秘捜査じゃないんですか？

「無断侵入者として扱うんだ。殺人容疑となれば大ごとになる。無断侵入者ということなら、警務隊も納得するはずだ」

——了解です。

国松との通話を終えると、ほぼ同時に会議室のドアが開いた。

朝倉は立ち上がって大城と一緒に入ってきた男に敬礼した。階級は朝倉と同じ三佐で、身長も一八五センチほどと変わらない。傍らの大城より一回り大きく見える。

「わざわざご足労頂き、恐縮です。島袋雅隆《しまぶくろまさたか》です」

島袋は敬礼すると、握手を求めてきた。大城と同じく、名前からすると沖縄出身なのだろう。

「たまたま帰る途中だったので大丈夫ですよ」

朝倉は笑顔で握手に応じた。

「いえいえ、特捜局の副局長自らお寄り頂けて感謝しています。お掛けください」

島袋はテーブルを回り込んで、朝倉の前に座った。大城は会釈すると、島袋の隣に着座した。

「お話、伺いましょう」

朝倉は腰を下ろした。

「沖縄の警務隊は、本土の警務隊と違って米軍対処という面があることはご存じの通りです。ただ、県警と違って、米軍のＭＰとは合同訓練をするなど、関係維持に努めています」

島袋は言葉を選びながら話し始めた。

沖縄では米軍機の騒音をはじめ様々な基地問題に悩まされ続けており、県民感情がよくなることはない。だが、米軍基地の返還は遅々として進まず常態化し、一部の市民団体が過激化する一方で県民の関心が薄いことも事実だ。

米兵の度重なる暴力事件や飲酒運転など、県警は取り締まりで矢面に立たされる。日米地位協定で守られている米兵を逮捕しても、裁判まで持ち込むことが難しい場合が多いからだ。朝倉も米兵問題で、沖縄に何度か足を運んでいた。

「県警と違って、自衛隊は対中国で米軍と連携しなければならないからな」

朝倉は呟くような声で相槌を打った。自衛官が米軍に対していくら心証が悪くても、現実的には笑顔で付き合わなければならないことは承知していた。日本は地政学的に中国、ロシア、北朝鮮という共産圏に対する太平洋側の自由主義圏の防波堤になっている。だが、日本は好戦的な共産国に対して、専守防衛という縛りで米軍に頼らざるを得ないというのが現実なのだ。というよりも、米国は日本が自立しないように米軍基地を配備したと言った方が正しいだろう。

「お気遣いありがとうございます。ご相談というのは、警務隊と県警、それにNCISの合同捜査訓練を特捜局主催でして頂けないかということなんです」

島袋は真剣な眼差しで言った。

「どの捜査機関にもパイプがあるから、ウチが主催するのは吝《やぶさ》かではないが」

朝倉は頷きながらも首を傾げた。ニュアンスからして県警とうまくいっていないように聞こえるのだ。

「ご存じとは思いますが、昨年県警はNCISからの通報で、半年近く極秘捜査を行い、その年の十二月に米軍基地が絡む麻薬密輸事件を解決しています。その際、我々は一切関わることができませんでした。自衛官が関わっていなかったので当然ではありますが、地域の安全を守りたい気持ちは同じです」

島袋は胸を張って言った。半年にも及ぶ県警とＮＣＩＳの合同捜査が行われたために蚊帳《かや》の外に置かれた気がしたのだろう。ＮＣＩＳから特捜局にも通報があったが、麻薬捜査ということもあり、県警の組織犯罪対策課に捜査は任せてあった。朝倉も警務隊が関わる事件だとは思っていなかったのだ。

沖縄県警は、昨年の十二月二十二日に在沖米軍人と軍属を含む十人を摘発している。彼らは、沖縄の海兵隊牧港《まきみなと》補給地区（浦添市《うらそえ》）を中継地として麻薬を売り捌《さば》いていた。

陸自では、警務隊の概要として「犯罪の捜査、警護、道路交通統制、犯罪の予防など部内の秩序維持に寄与」と明記している。あくまでも自衛官と基地内の秩序を守るのが、警務隊の任務なのだ。だが、島袋は基地内だけでなく、地域の安全にも貢献したいと思っているらしい。

自衛隊の基地が地域とまったく関わりなく運営できるはずはないので、彼の考えは正しい。周辺住民だけでなく国民の理解があってこそ自衛隊は成り立つのだ。

「麻薬捜査はかなり専門的な捜査技術が必要とされますので、協力はできなかったでしょう。ただ、日ごろから県警やＮＣＩＳとコミュニケーションが取れていたなら、なんらかの捜査協力ができたかもしれませんね。分かりました。お引き受けしましょう」

朝倉は大きく頷いた。

「ありがとうございます。断られると思っていたので、ヒヤヒヤしましたよ」

島袋は大きな息を吐き出した。

「島袋さんの情熱はよく分かりました。断れるわけがないじゃないですか。本部に戻って各方面に連絡し、検討します」

朝倉は笑みを浮かべて答えると、腰を上げた。

「あのう」

それまで朝倉と島袋の話を黙って聞いていた大城が、遠慮がちに二人を見た。どちらかと言うと島袋を促したらしい。

「実は、特捜局は幅広く捜査機関に人材を求めていると聞きましたが、本当ですか？」

島袋は咳払《せきばら》いをすると、尋ねた。

「ええ、所属する捜査機関のトップの推薦があれば、入局テストは受けられます。ひょっとして大城君が、希望しているんですか？」

腰を下ろした朝倉は、大城を見ながら答えた。

「隊長にはすでに許可を得ています」

大城は身を乗り出した。

「分かった。試験は来年の二月だ。詳しくは、うちの事務局に問い合わせてくれ。待っているぞ」

朝倉は立ち上がると、大城の肩を叩いた。

3

午前十一時三十分。福生。

特捜局の覆面パトカーであるトヨタ・マークXのハンドルを握る中村は、16号線に面した横田基地の第5ゲート前で車を停めた。ゲートの出入口は可動式の門扉で閉ざされている。

「いつも開けていないんですね」

中村が溜息を吐いた。特捜局が入っている防衛省から渋滞のために一時間半も掛かったので、苛《いら》ついているのだろう。

「ここはメインゲートじゃないんだ。仕方がないだろう」

助手席の国松は、欠伸を噛《か》み殺した。なぜか疲れが溜まっている。朝倉が護衛艦いずもから突然の単独行動を取ってから四日経った。今回の捜査は勝手が違っているため、何かと気を遣うからかもしれない。二人とも横田基地に入るために制服を着用していた。私服では民間人と間違えられるからだ。

第5ゲート出入口の中央分離帯に立つ鉄柱に付けられている赤いランプが消え、その下にある緑のランプが点灯した。同時に可動式の門がゆっくりと左に動き出した。

正面に見えるゲートは出場専用で、入場ゲートは百メートルほど左奥にある。一般人は入場ゲート手前にあるビジターハウスで、身分証明書を提示してワンデーパス（入場証明書）を貰《もら》う必要があった。煩雑な手続きを経てワンデーパスを手にすると、基地内の関係者にエスコートしてもらい、はじめて入場ゲートを通ることができるのだ。

可動式門扉を抜けた中村は、左折してビジターハウスの前を通って直接入場ゲートに付けた。ゲートボックスの警備員が顔を出したので、身分証明書が付いたバッジを見せる。第5ゲートは米軍と航空自衛隊の共用であるため、入出場はゲートのチェックを受けるほかないのだ。

警備員は二人のバッジを確認すると、通行を許可した。

中村は最初の交差点を左に曲がり、2ブロック先の突き当たりを右折する。国松も中村も横田基地には何度も足を運んでいるので地理はある程度頭に入っていた。

すぐ先の道路を左に曲がり、百メートルほど先にある建物の脇にある駐車場に車を停めた。航空総隊司令部が入っている建物である。

車を降りた二人は、いささか強張った表情で司令部庁舎の西側の玄関から入った。どこの基地でもそうだが、司令部庁舎は階級が高い指揮官クラスに会うことがあるので緊張するのだ。

「特捜局の国松課長ですね。警務隊の石川透《いしかわとおる》です」

玄関脇に立っていた警務官が会釈してきた。電話で応対してくれた三等空佐である。基地は日米共用で分かりにくいため、司令部庁舎で待ち合わせしていたのだ。

「国松良樹です」

「中村篤人です」

国松と中村は石川に敬礼した。

「こちらにどうぞ」

石川は廊下を突っきり、東側の玄関から中庭に出る。国産であるＦ－１戦闘機と米軍塗装されたＦ－８６Ｆが展示してある記念公園の役割もある場所だ。

「ご連絡いただいた不審者ですが、米軍に問い合わせたところ、第１２ゲートから他の民間人と一緒に出たようですね。１２ゲートは米軍管轄なので我々では調べることができません。ただ、ゲートの監視カメラには映っていなかったそうです。というのも、米軍のＣ２輸送機で到着した民間人は、パッセンジャー・ターミナルで入場許可を得た後で米軍が用意したマイクロバスで拝島《はいじま》駅に送られています。パッセンジャー・ターミナルにはタクシー乗り場もありますので、米軍は日本人にずいぶん気を遣ったようですね」

石川は歩きながら説明し、司令部庁舎から少し離れた駐車場に停めてある７３式小型トラックのパトカーの前で立ち止まった。

「ということは、基地内の監視カメラで顔が撮影できそうな場所は、パッセンジャー・ターミナル内だけということですね」

国松もパトカーの横に立って頷いた。

「これから、パッセンジャー・ターミナルまでご案内します。基地のＮＣＩＳ捜査官にはすでに連絡してあります。もっとも、あちらさんも確認されていたようです」

石川は自ら運転するつもりらしい。司令部庁舎からパッセンジャー・ターミナルまで二キロほどの距離がある。

「自分は、後部座席に座ります」

中村は軽く会釈すると、バックドアを開けて後部座席に座った。2ドアのため後部座席は乗りにくいのだ。

「よろしくお願いします」

国松も一礼して助手席に乗り込んだ。

石川は運転席に乗り込み、パトカーを出した。

駐車場からボング・ストリートを西に向かい交差点を右折し、エアーリフト・アベニューを北に向かう。基地のメインロードだけに場所によっては片側二車線で信号機がある交差点すらあり、ここが基地内ということを忘れそうになる。

数分で第12ゲートがある交差点を抜け、ウォーカー・アベニューからパッセンジャー・ターミナルの駐車場にパトカーは停められた。ターミナルは南北に長く、駐車場がある北側からは入れないようだ。

「米軍の輸送機に乗ったことがないので使ったことはないのですが、見学に来たことはあります」

石川は慣れているらしく、建物を回り込んでパッセンジャー・ターミナルに入っていく。

「広いな！」

国松は石川に続いて建物に入り、目を見張った。ホールには百五十席ほどのブルーの待合椅子が並び、その奥にも椅子が並んでいるためやたら広く見えるのだ。最低限の設備と待合室としてだけ機能しているからだろう。また、直近の出発便がないらしく、乗客の姿がないのでがらんとしている。

「あまり監視カメラはありませんね」

中村は建物の内部を見回しながら言った。

「民間の空港ビルとは違いますから、セキュリティは緩いかもしれませんね。そもそも、空軍基地ですから不審者は入れないという前提があるのでしょう」

苦笑した石川は出入口の左手である北側に向かい、スタッフオンリーというドアをノックした。

「どうぞ」

スーツを着た背の高い白人男性がドアを開けた。

「失礼します」

石川は会釈して部屋に入って行く。

国松と中村も白人男性に会釈して石川の後に続いた。

「ＮＣＩＳ横田支部のダン・モンゴメリーです」

モンゴメリーは自分だけ名乗ると、歩き出した。時勢柄握手をしないのは普通になっているが、挨拶も簡略化しているらしい。

「なんだか、感じ悪いですね」

中村が国松の耳元で囁いた。

「黙っていろ」

国松は中村の背中を叩き、小声で答えた。

通路を進んだモンゴメリーは、右手にあるドアを開いた。

出入口の反対側の壁面には無数のモニターが並び、その前にあるテーブルで制服姿の米兵がＰＣに向かっていた。セキュリティルームらしい。モニターは、パッセンジャー・ターミナル内外の監視映像が映り込んでいるようだ。

「マーク、頼んだ映像は抜き出しておいてくれたか？」

モンゴメリーは、オペレーターに声を掛けた。

「もちろんです。ＵＳＢメモリに落としておきました」

マークと呼ばれたオペレーターは、小さなＵＳＢメモリをテーブルに載せた。

「ありがとう」

モンゴメリーはＵＳＢメモリを掴むと、オペレーターがいないテーブルのノートＰＣのポートに差し込んだ。

「ロナルド・レーガンから帰還したＣ２輸送機は、六日の十八時三十分に着陸し、乗客はその四分後にこのターミナルに到着しています。彼らがターミナルのカウンターでチェックを受けて、機材等を積み込んだマイクロバスに乗り込んで出発したのは、十八時五十八分です」

モンゴメリーは監視映像を表示させたノートＰＣを指差しながら説明した。迷彩服の米兵に混じって、民間人が映っている。

だが、カウンターを映している監視カメラの位置は天井近くにあるらしく、顔があまりよく映っていない。

モンゴメリーは早回しして映像を切り替えた。マイクロバスにアジア系の三人の男と一人の女が乗り込む。

「マイクロバスに乗ったのは、四人？　米国のジャーナリストは、乗らなかったのですね」

国松は口元を押さえて溜息を殺した。モンゴメリーが監視映像を早回しにしたのは、顔がほとんど映っていなかったと分かったからだ。

「映像はＮＣＩＳの監察ラボに送って、改めて解析します。そちらでもお願いできますか？」

モンゴメリーはノートＰＣからＵＳＢメモリを抜き取り、国松に差し出した。

「ありがとうございます」

国松はＵＳＢメモリを受け取り、小さく頷いた。

4

午後一時二十分。

国松と中村は拝島駅に近い玉川上水沿いのコインパーキングにパトカーを停め、コンビニの弁当を食べていた。

「それにしても、期待はずれでしたね」

中村は麻婆丼《マーボー》をプラスチックのスプーンで食べながらぼやいた。

「文句言っていないで、もう一度、最初から見るんだ」

国松はおにぎりを頬張りながら、ダッシュボードに載せたノートPCを操作した。NCIS捜査官のモンゴメリーから提供された監視映像のデータを見ているのだ。

「これで三度目ですよ。いくら見ても顔が映っていないのは同じです。そもそも食事をしながら仕事をするって、どうなんですか。体に悪いっすよ」

中村はスプーンを止めることなく、文句を言った。

「おまえの欠点を教えてやろうか？　自衛官のくせに忍耐力がないことだ」

国松はペットボトルのお茶で口の中のおにぎりを飲み込みながら鼻息を漏らした。

横田基地のパッセンジャー・ターミナルに到着したのは七名で、三人の米国のジャーナリストは、基地内にあるホテルにチェックインしたそうだ。米軍関係者専用のホテルだが、ジャーナリストらは取材も兼ねて宿泊する許可を得たらしい。

また、〝サンライフ企画〟の三人は、補給部隊が所有しているマイクロバスに乗せられたそうだ。特別扱いと思っていたが、たまたま補給部隊の米兵が出かける用事があったらしく、そのついでだったようだ。

問題はロナルド・レーガンの甲板作業兵と思われた人物もそのマイクロバスに同乗したのだが、米軍では誰もそれを怪しまなかったことである。モンゴメリーがマイクロバスを運転していた米兵に尋ねたところ、私服ということもあったが、その人物が東洋系だったため〝サンライフ企画〟の社員だと思ったというのだ。

「ここだ！」

国松が大声を発して監視映像をポーズにした。

「びっくりするじゃないですか。まったく」

咳《せ》き込んだ中村は、胸を叩きながら缶コーヒーを飲んだ。

「見ろ。第四の男の正面の顔が映っているぞ」

国松は興奮気味に言った。

「正面って言っても、キャップのツバで目元が隠れているじゃないですか。まあ、服装は、分かりますけどね。そもそも、〝サンライフ企画〟の社員の一人は女性ですよ。だったら、第三の男じゃないですか。言葉としても『第三の男』と言った方がカッコ良いですし」

中村が鼻先で笑った。

「おまえは屁理屈《へりくつ》が多いんだよ。どうだっていい。よく見てみろ、右口角の近くに黒子《ほくろ》があるだろう。充分特徴と言える。米軍はマスクの着用は義務化していないので助かったな。逆にマスクをしていると白い目で見られるのだろう」

国松はスマートフォンを出すと、佐野に電話を掛けた。

——お疲れさん。どうでしたか？

佐野がのんびりとした口調で出た。佐野が電話に出ると、不思議とその声音で落ち着く。

「ＮＣＩＳから監視映像をもらったのですが、『第三の男』の顔は全体が映っていませんでした。映像は、特捜局のサーバーに直接アップロードしますので、見てください。それから、警視庁の似顔絵捜査官に〝サンライフ企画〟の目撃者からの情報でモンタージュ写真か似顔絵を作成して欲しいんですが」

国松は片手でノートPCを操作しながら話した。データをアップロードしたのだ。

「えへ」

中村は、国松が「第三の男」と呼んでいるのを聞いて、口元を押さえて笑いを堪《こら》えている。

――任せてくれ。すぐに手配するよ。他にできることはあるかな？

佐野は頼もしく答えた。彼は捜査一課とパイプがあるため、依頼するための面倒な書類を作成することもなく警視庁に頼めるのだ。

「大丈夫です。駅前を調べてから帰ります」

国松は答えると、通話を切って中村を睨みつけた。

中村は動ずることもなく麻婆丼を食べ終わると、レジ袋からプリンを出した。デザートまで購入していたのだ。

「いつまで飯を食っているんだ。行くぞ」

国松は車を降りると、勢いよく助手席のドアを閉めた。

「デザートぐらい、ゆっくり食べさせてくださいよ」

中村はプリンの蓋《ふた》を開けると、スプーンも使わずに一口で飲み込んで車を後にした。

二人は川沿いの道を歩いて拝島駅に到着すると北口の階段を上り、高架になっている駅構内を通って南口の駅前ロータリーに出た。

「佐野さんが〝サンライフ企画〟の伊藤から聞いた話では、米軍のマイクロバスは南口のロータリーで停まり、四人を降ろしたそうだ。伊藤らは出迎えの車に乗り込んだそうだが、第三の男はその前にタクシーで立ち去ったらしい」

国松はタクシー乗り場を見て言った。

「ということは、『第三の男』が乗ったタクシーを特定すれば、解決ですね」

中村が手を叩いた。

「おまえは単純だな。防課の主任の肩書きが泣くぞ。男の顔も分からないのにどうやって乗り込んだタクシーを特定するんだ」

国松は首を振りながらも周囲を見回した。監視カメラを探しているのだ。

「監視カメラはあそこにありますよ」

中村がバス停前の駅の高架下の天井に設置してある監視カメラをめざとく指差した。呑気《のんき》な男だが、仕事はできるのだ。

「ＪＲに問い合わせよう。いや待てよ。角度が悪い。地下通路入口が邪魔で映っていないかもしれないな」

国松はタクシー乗り場の前に立ち、高架下の監視カメラを見て渋い表情になった。

「あそこにもありますよ。たぶんあれもＪＲが管轄しているのでしょう。やっぱり、裁判所に開示命令書を発行してもらわないと、ＪＲだって動きませんよね」

中村が国松の隣りに立ち、タクシー乗り場と道を挟んで十メートルほど先の街灯に取り付けてある監視カメラを右手を上げて指した。

目の前にタクシーが停まり、ドアが開いた。

「あっ！」

中村が慌てて右手を下ろした。

「乗らないのですか？　あれっ。空自でも陸自でもないですね。コスプレ？」

タクシーの運転手が、二人を訝しげな表情で見て首を傾げた。タクシーの屋根に〝横田〟と記された行灯《あんどん》（社名表示灯）がある。ボディには〝横田交通〟と記されているので地元のタクシー会社の運転手らしい。空自の制服は見慣れているのだろう。

「コスプレじゃありません。我々は特別強行捜査局の捜査官ですよ」

国松がわざわざバッジを見せて言った。コスプレと言われて腹を立てているらしい。

「捜査官？　何かの捜査ですか？　泥棒？　ひったくり？」

運転手がわざわざ車を降りてきた。並んでいる客がいないので、暇なのだろう。

「つまらない尋ね人ですよ」

中村がいい加減に答えた。面倒なので適当にあしらおうとしているようだ。

「行方不明者の捜査をしているんですよ。その人物は、六日の午後七時五分ごろ、ここでタクシーに乗ったそうです。乗ったタクシーが分かればいいんですが」

国松が丁寧に説明した。似顔絵ができれば、横田基地の警務隊の協力も得て一斉に聞き込み捜査をする予定だ。そうかと言って、地元のタクシーの運転手に聞き込みをして損はない。昔から「現場百遍」と言われるのは、地道な聞き込みが捜査の基本だからだ。

「そんなことすぐ分かりますよ。このタクシー乗り場に、流しのタクシーはほとんど来ません。大きな駅ではありませんからね。うちの会社の独占状態です。だから、会社に戻って日報を見れば、すぐ分かりますよ」

タクシーの運転手は笑った。

「ええっ！」

国松と中村が顔を見合わせて声を上げた。

5

午後二時四十分。

朝倉は沖縄県警察本部の会議室にいた。

陸上自衛隊那覇駐屯地の警務隊から、特捜局主催で県警とＮＣＩＳとの合同捜査訓練を行って欲しいという申し入れを受けて動いている。特捜局本部にはすぐに戻るつもりだったが、朝倉がいなくても捜査は進んでいるという報告を受けていたため急ぐ必要はないと判断したのだ。

特捜班だったころは、朝倉のスタンドプレイともいうべき捜査が目立ったが、局になってからは組織で動くべきだと仕事の割り振りを考えて行動している。

「まあ、合同捜査訓練と言っても、三つの捜査機関のコミュニケーションが取れればいいと思っていますす。自衛隊と違って捜査は模擬訓練などできませんから、情報交換会と言った方がいいかもしれませんね。日頃から各捜査機関同士の風通しが良くなれば、自《おの》ずと信頼関係が生まれると思います。いかがでしょうか？」

朝倉はテーブルを隔てて朝倉の前に座っている沖縄県警刑事部長の新里泰稚《あらさとたいち》に頭を下げた。その隣りには、捜査一課の宮城《みやぎ》警部が座っている。四年前に米軍人と軍属の連続殺人事件で、協力してもらったことがあった。四年ぶりの再会だが、宮城は警部補から警部に昇進していた。

「なるほど。情報交換会ですか」

新里は理解しているようだが、納得していないらしい。自衛隊員や駐屯地の情報を得たところで民間人が立ち入れない場所のことを知っても役に立たないと思っているのだろう。

「四年前、私を含めて特捜局の働きはどうでした？　役に立ちませんでしたか？」

朝倉は肩を竦めて見せた。米軍関係者の連続殺人事件のため、捜査権を持たない県警はただ指を咥《くわ》えて見ているほかなかった。だが、野放しの殺人犯が、その矛先をいつ県民に向けるのかという脅威が人々の不安を煽《あお》ることになる。そこで、県警は特捜局に助けを求めたのだ。

朝倉の活躍で事件は見事に解決し、犯人も逮捕することができた。もちろんＮＣＩＳと県警も動いたが、朝倉と特捜局の協力なしでは迷宮入りしていただろう。

「何を仰いますか。朝倉さん抜きではとてもじゃないが解決しませんでしたよ」

新里は両手を振って苦笑した。

「警務隊は、ＭＰと合同で定期的に訓練しているそうです。主に警備や事故車両の扱い方など技術面の向上を図るためです。米軍との交流があるため、互いの基地を行き来する際、円滑になるそうです。県警としては米軍に反発するところもあるでしょうが、警務隊を介して米軍と交流できるようになれば米兵の取り締まりが増えて検挙率も上がるかもしれませんよ」

朝倉は丁寧に説明した。ＭＰと共同で動けば、不良米兵による犯罪の抑止にも繋がるはずだ。

「確かにそうかもしれませんね」

新里は小さく頷いた。

「これから、ＮＣＩＳの那覇支局に行こうと思っています。訓練をするとなれば、やはり私が立ち会った方がいいでしょう。現在、事件を抱えているので、それが解決してからということになります。少し先の話になるかもしれませんが、根回しは早い方がいいでしょう」

朝倉は在日米軍海兵隊の中枢基地であるキャンプ・フォスター内にあるＮＣＩＳの那覇支局に行こうと思っている。羽田行きの最終便に間に合えばいいのだ。

「それなら、私がキャンプ・フォスターまで送りましょう」

宮城が笑顔で言った。


午後三時十分。

中村がハンドルを握るマークXは、首都高速中央環状線を走っている。

拝島駅の監視カメラを調べていた二人は、タクシーの運転手から拝島駅のタクシー乗り場に停車するタクシーのほとんどは〝横田交通〟所属だと教えられた。そこで、二人は駅からほど近い場所にある〝横田交通〟の事務所を訪ね、社長の伊佐次《いさじ》に捜査協力を要請したのだ。

伊佐次は快諾し、乗客の乗降記録を見せてくれた。記録によれば六日の午後七時五分ごろ拝島駅から客を乗せたのは外内《そとうち》というベテラン運転手で、男性客を乗せ大田区羽田《はねだ》のビジネスホテル前で下ろしたと記されていた。三十分ほど待って帰社した外内にも聞き込みをしている。特に乗客の記憶はなかったらしいが、タクシーの車載カメラの記録が残っていた。

だが、調べてみると、男はキャップだけでなく、メガネを掛けてマスクもしていたので素顔は映っていなかった。男がタクシーを降りた時間は、午後八時三十六分だそうだ。

国松のスマートフォンが鳴った。

「はい。国松です」

——佐野です。こちらは、ビジネスホテルに到着した。

佐野は、第三の男が六日にチェックインしたビジネスホテルに到着したようだ。国松がタクシー会社を出る際に連絡しておいた。警課で四人のチームを編成し、ビジネスホテルの出入口を見張っているはずだ。

「二十分ほどで到着予定です。それまでよろしくお願いします」

国松はカーナビを見て言った。

第三の男は名前も顔も分かっていないので、現段階ではたとえ見つけることができても任意同行以外の対処はできない。だが、その場で顔を撮影して身元が確認できれば、米空母殺人事件の重要参考人として最低限、書類送検できる。もっとも、米空母内の殺人なので、米国に引き渡すことになるだろう。

中村は羽田インターチェンジを下りて環八通りから都道に進み、京急空港線の穴守稲荷《あなもりいなり》駅近くのビジネスホテル手前でマークXを停めた。

国松が車を降りると、ビジネスホテルの前に停めてあるマークXから佐野が出てきた。車の中からホテルの正面玄関を見張っていたのだろう。

「お疲れさん。意外に早かったね」

佐野は笑顔で近付いてきた。車の中は佐野だけで、後の三人は見張りをしているようだ。

「無駄足にならなければいいのですが」

国松は頭を掻きながら佐野の前に立った。

「出入口は北側にある正面玄関と、建物の西側のゴミ出し口だけだね。ゴミ出し口に野口と大竹《おおたけ》を配置してある。念のために新人は、ホテル脇の路地を見張らせている。我々が到着して三十分になるが、中から出てきた者はいない」

佐野は振り返って言った。新人というのは今年の四月に警視庁の捜査一課から転属してきた松井《まつい》亮太《りょうた》である。特捜局では新人だが、一年先輩である大竹淳平《じゅんぺい》と同じ刑事歴七年、三十五歳である。特捜局に志願し、昨年の二月に行われた入局テストに合格していた。

「行きますか」

国松は佐野を促した。国松は特捜班の創設メンバーだが、民間での捜査は経験不足だと自覚している。佐野は、叩き上げの刑事だっただけに特捜局の捜査部の牽引《けんいん》役というだけでなく、教育係的な存在なのだ。

「あいよ」

佐野は頷くと自動ドアからエントランスに入り、フロントの前で立ち止まった。国松は振り返って中村に外で待つように合図をし、佐野の斜め後ろに立った。大勢で押しかけて威圧感を与えるのは得策ではないからだ。

「いらっしゃいませ」

フロントの男性が、笑顔で会釈する。

「特別強行捜査局の佐野と申します。支配人はいらっしゃいますか？」

佐野はポケットから特捜局のバッジを出し、にこやかに尋ねた。

「はっ、はい。ただいま」

フロントの男性はバッジを見ると、慌ててカウンターから出てきて廊下の奥に消えた。男性はすぐに年配の男性を連れてきた。

「何か事件でもあったのですか？　支配人の菊池和武《きくちかずたけ》です」

菊池は動揺しているようだ。

「お忙しいところ恐れ入ります。逃亡犯がこのホテルにチェックインしたという垂れ込みがありましてね。捜査にご協力願えませんか？」

佐野はわざと小声で言った。威圧感はマイナスだが、適度な緊張感を与えるのは捜査の進行上役に立つのだ。

「詳しくお聞かせください。こちらへ」

菊池も声を落とすと廊下の奥へと案内し、スタッフオンリーと記された部屋に佐野と国松を案内した。

二十平米ほどの部屋で、ノートＰＣを載せた机が一つだけあり、壁際にはスチールロッカーが並んでいる。仕事部屋兼従業員用の更衣室らしい。

「狭いところで申し訳ありません。お掛けください」

菊池は折り畳み椅子を二脚出し、自分は机の椅子に腰を下ろした。

「お気遣いなく。今月の六日の午後八時三十六分、アジア系の外国人がこちらのホテルにチェックインしたと思われます。お手数ですが、調べていただけますか？」

佐野は立ったまま、笑顔を絶やさず菊池に迫った。

「協力は惜しみませんよ。東京空港警察署から『防犯功労企業』として表彰されたこともありますので。六日の午後八時三十六分ですね。ひょっとしてウォークインしたあの方かな」

菊池は自慢げに言うと、ノートＰＣのキーボードを叩いた。「ウォークイン」というのは、予約なしで来客した客という業界用語である。

「それは、素晴らしい」

佐野は思わず国松と顔を見合わせた。菊池の言う「防犯功労企業」とは、警察が防犯に関する取り組みに積極的に参加している企業を「地域安全運動功労企業」として感謝状を送ることである。

「ありました。台湾の方で、高冠宇《ガオグァンユー》というお名前です。翌日の早朝にチェックアウトされています。チェックインの際、日本語があまりお上手でなかったので、英語で対応できる私が従業員に呼び出されました。単に外国の方というだけでなく、何か違和感を感じたと後で聞きました。彼の直感が危険を察知したのでしょう」

「なるほど。詳細を確認できますか？」

佐野は相槌を打って尋ねた。高冠宇と名乗る人物は、ここまで調べ上げられないだろうと油断したのだろう。もっとも、パスポートを見せなければ余計怪しまれたはずだ。

「私が英語でパスポートの提示を求めたところ、高冠宇様も英語で答えられてパスポートを提示されました。また、マスクをされていましたが、確認のため取っていただき、お顔を拝見しています」

菊池はノートＰＣをくるりと反転させ、佐野にモニターが見えるようにした。

「これは……」

佐野は絶句した。手書きのサインがある宿泊カードにパスポートのコピー、それにやや斜め上からだが、正面の顔写真が、載っているのだ。

「羽田空港近くのホテルは、犯罪者が海外に逃亡する前に宿泊することがあるのです。いわゆる『高飛び』ですね。当ホテルでは、フロントマンが怪しいと思ったら、身分証明書をスキャニングするだけでなく、お客様に気付かれないように隠しカメラで顔を撮影することになっています。レジカードだけでなく、すべてデータ化して保存しています。ただ、高冠宇様は指名手配されている方ではなかったので、通報しませんでした」

菊池は淡々と説明した。警察はホテルなどの宿泊施設に指名手配犯のポスターを配る。このホテルは積極的に協力しているようだ。また、「レジカード」というのは、レジストレーションカード（宿泊者カード）の略である。

「恐れ入りますが、このデータを頂けますか？」

佐野は丁寧に頭を下げた。

「もちろんです。お役に立てるなら喜んで」

菊池はノートPCにUSBメモリを差し込んでコピーすると、佐野に渡した。

「ありがとうございます」

佐野は再び頭を下げた。

フェーズ5：疑惑の男

1

十一月十日午後一時。

朝倉は那覇空港からの直行便で福岡空港に到着した。

空母ロナルド・レーガンから退艦した男が台湾人の高冠宇と名乗っていることが判明したと、昨日の午後に佐野から連絡があった。男が宿泊した羽田のホテルに残したパスポートの情報であるため、国籍も名前も違う可能性はある。

だが、少なくとも、顔写真を手に入れられたことは大きな成果だった。目は一重の狐目《きつねめ》で口元に黒子があり、横田基地のパッセンジャー・ターミナルの監視カメラに口元だけ映っていた男と符合する。また、二つの監視映像から男の身長は一七八センチ前後と推測された。

佐野はすぐさま日本の対台湾窓口機関である〝日本台湾交流協会〟に、高冠宇のパスポート番号を問い合わせている。さらに国内線の航空会社に高冠宇がチケットを購入していないか調査するなど、関係各所に要請した。

局内での極秘捜査の枠組みを解除し、警課が総がかりで関係各方面に捜査協力を要請したのだ。公海上の事件で被害者も日本人でないため、裁判所に捜査上で助けてもらうことは一切できないからである。

佐野が日本台湾交流協会に問い合わせてから三時間後の午後七時に、旅券番号の高冠宇の年齢は七十七歳と高齢で、しかも台湾から出国していないと返答があった。羽田のホテルにチェックインした男は、高冠宇の身分を偽装したことが判明したのだ。

さらに高冠宇の身分を使った男は七日の成田空港九時五分発長崎空港行きで移動していたことが、成田国際空港を警備している会社からの連絡で判明した。佐野の警視庁時代の同僚が早期退職して大手警備会社の重役になっており、これまでも捜査に協力してくれていた。発見した手段は機密だと言うが、監視カメラの映像を顔認証システムで見つけ出したのだろう。

航空会社にも協力要請していたが、高冠宇という名前は見つからなかったので偽名を使ったようだ。また、宿泊ホテルに近い羽田空港ではなく、わざわざ成田空港から出発したのは、ホテルで疑われたことを警戒したからかもしれない。

報告を受けた朝倉は、羽田行きのチケットを急遽キャンセルして那覇のホテルに宿泊し、翌日の福岡への直行便に乗り込んだ。那覇から長崎への直行便はないからだ。最終便で東京に戻って、翌日長崎に行ってもたいして時間は変わらないということもあった。おかげで特戦群時代の友人である北川《きたがわ》朗人《あきと》と久しぶりに会うことができた。二人で浴びるほど飲んだが、酒は残っていない。少々寝不足なだけだ。

「お疲れ様」

到着ロビーに出たところで妻の幸恵《さちえ》が、手を振った。彼女の足元に二つのスーツケースが置かれている。昨日帰る予定を変更したことを伝えると、わざわざ着替えを福岡まで持ってきてくれたのだ。

彼女は昨年まで大手旅行代理店の企画プランナーとして働いていた。だが、新型コロナの流行で旅行業界は大打撃を受け、彼女の会社も数百億の赤字を出して社員をリストラした。彼女はリストラ対象者ではなかったが、会社を見限って今年の三月に依願退職したのだ。

幸恵は英語とフランス語が堪能なので今は、フリーの旅行プランナーとして活動している。元の会社だけでなく、他の旅行会社からも仕事を依頼されているらしい。忙しいようだが、自宅で自分のペースで仕事ができるため、時間にゆとりができたそうだ。また、気軽に飛行機で飛び回るのは、職業柄慣れており、国内線なら山手線に乗るような感覚らしい。

「すまない。迷惑を掛けたね」

朝倉は幸恵から着替えの入ったスーツケースを受け取った。

「そこは『すまない』じゃなく、サンキューよ。九州に来られたから私もよかったわ。実を言うと、旅行プランナーのくせに、国内には行っていないところが案外多いの。九州もそうよ。だから、この機会に研究しておこうと思っているの」

幸恵は自分のスーツケースを右手に提げ、朝倉の右腕に左腕を絡ませようとしたが、慌てて手を引っ込めた。朝倉が制服を着ていることに気がついたからだろう。会社勤めだったころは彼女も出張が多くすれ違いの生活だったが、それが互いに都合がよかった。だが、彼女が家で仕事をするようになってからは、朝倉が不在の時は寂しい思いをすることもあるのだろう。

「昼飯は、空港で食べようと思っているんだが？」

朝倉は歩きながら尋ねた。午後二時に、第１３４地区警務隊の蟹江《かにえ》恭平《きょうへい》一等陸曹が迎えに来ることになっている。昼飯を空港のレストランで摂るために一時間ほど時間を取ったのだ。

昨年、佐世保米軍基地を舞台とした極秘情報漏洩事件の捜査で、第１３４地区警務隊の力を借りた。今回も世話になるつもりだ。

「私はカフェかうどん屋さんがいいけど、あなたはガッツリ食べたいでしょう？」

幸恵は朝倉を見上げて言った。彼女とは身長差が二十センチほどある。

「カフェかうどん屋ねえ。悪くはないが、三日間も空母の飯を食ったんだ」

朝倉は浮かない顔になった。普段は贅沢《ぜいたく》を言うつもりはないが、空母で高カロリーの食事を食べ続けてさすがに食傷気味になっているのだ。

「カフェにあるようなハンバーガーはかえって飽きているのね。うどんじゃ、動物性タンパク質は摂れないし、それじゃお寿司はどう？」

幸恵は思案顔で言った。

「よっしゃ。それがいい」

朝倉は右拳を上げた。

午後一時五十六分。

朝倉は福岡空港ビルを出てバス停近くに立った。

幸恵とは、五分ほど前に別れている。佐世保には高速バスに乗っていくそうだが、それまで博多を散策するという。

パトカー仕様の７３式小型トラックが、目の前に停まった。

運転席から蟹江一等陸曹が現れ、敬礼した。

「朝倉三佐。ご無沙汰しています」

「よろしくな」

軽い敬礼を返した朝倉はバックドアを開けてスーツケースを放り込むと、助手席に乗り込んだ。

「第１３４地区警務隊は、三佐の御指示どおりに長崎と佐世保の交通機関に配置しました。しかし、今のところ、発見には至っていません」

蟹江は車を出し、渋い表情で報告した。

「それでいいんだ。長崎や佐世保にいるのなら、封じ込めていることになる。まあ、やつがいればの話だがな」

朝倉は頷くと笑った。

「捜査のあてがあるんですか？」

蟹江は朝倉をちらりと見て尋ねた。

「まずは、佐世保の米軍基地だ」

朝倉は腕組みすると目を閉じた。

2

午後三時四十分。佐世保。

パトカー仕様の７３式小型トラックは、国際通りから佐世保日野松浦《ひのまつうら》線との交差点を渡って米海軍佐世保基地の正面ゲートに進入した。

福岡国際空港からまっすぐやってきたのだ。

「到着しました」

蟹江は朝倉の肩を軽く揺すった。

「おっ。もう着いたか」

朝倉は両手を天井に付け、大きな欠伸をした。

「どうも」

蟹江はゲートボックスの警備兵に警務隊の身分証明書を見せた。

朝倉は助手席側に立った警備兵に特捜局のバッジを提示する。

「スペシャルポリスのミスター朝倉ですね。ＮＣＩＳから聞いています」

助手席側の警備兵は右手を上げてゲートボックスの仲間に合図をした。

「ビジターパスをダッシュボードの上に載せてください」

ゲートボックスの警備兵が、蟹江にビジターパスのカードを渡した。このカードがあれば、基地内を自由に移動できる。

「ありがとう」

蟹江はビジターパスをダッシュボードの上に載せると、車を出した。メインロードであるオハイオ・ブルバードを百メートルほど進み、商業エリアがある交差点を右折する。交差点から百メートル先のNCIS佐世保基地支局が入っている煉瓦色の建物の前で、73式小型トラックを停めた。

朝倉は一人で支局庁舎の石段を駆け上がり、一番左にあるスタッフ用の出入口のドアを開けた。この庁舎には昨年何度も足を運んでいるので慣れたものである。

蟹江は福岡駐屯地には戻さずに、助手兼運転手として佐世保地方総監部で待機させることにした。捜査で手を借りる可能性もあるからだ。

玄関近くに置かれているソファーの横を通って、その後ろに立てかけてあるパーテーションの向こうに出た。

三つのデスクが二列に並んでおり、その奥に支局長のデスクが置かれている。

「制服が格好いいわよ」

手前のデスクに座っている若い女性が朝倉に手を振った。事務職員のサラ・コリンズである。事務職員はもう一人いるはずだが、出かけているようだ。捜査官は出払っているらしく、残りの五つのデスクには誰も座っていない。

「たまには正面玄関にある海軍のフロントを通してからここに来たらどうなんだ？」

奥のデスクに座っていた支局長のサルバドール・セペタが、立ち上がって笑った。昨年の米軍機密情報漏洩事件で、一緒に働いている。最初は朝倉のことを胡散臭《うさんくさ》く思っていたようだが、捜査が進むうちに意思の疎通ができた。

「ハインズから状況は聞いているよな？」

朝倉は通路を進んでセペタと握手を交わした。特捜局で「第三の男」と呼んでいる男の捜査情報は、逐次朝倉を通じてハインズに報告していたのだ。

「挨拶も抜きで、本題か？　コーヒーを飲まないか？」

セペタは苦笑を浮かべた。

「コーヒーをもらおうか」

朝倉は周囲を見回して言った。昨年来た時はコーヒーの自販機もサーバーもなかったからだ。百メートルほど南に位置するフードコートに行けば飲めるが面倒だ。

「スミスを特定したと言うことは、副局長から聞いた。正直言って日本の捜査能力の高さに驚いている」

セペタは真面目な顔で言うと、右側のパーテーションの外に出た。壁面に三つの尋問室のドアがあり、中央のドア横にコーヒーの自販機があった。ちなみに「スミス」は、特捜局で「第三の男」と呼んでいるアジア系の男につけられたコードネームである。どこにでもある名前で、とらえどころがないという意味も込められているようだ。

「ブラックでよかったな？」

セペタは自販機のボタンを押してコーヒーを淹《い》れた。コンビニで見かける豆から淹れる日本製の自販機らしい。セペタは朝倉に紙コップに入ったコーヒーを渡した。

「悪くない」

コーヒーを一口啜《すす》って朝倉は頷いた。米国の自販機のコーヒーは飲めたものではないが、これならいける。朝倉はコーヒーにはうるさいのだ。

「この基地に部外者が潜入できるとは思えないんだがな」

セペタは首を捻った。

「スミスが長崎に来たのはこの米軍基地に潜入し、殺人あるいは破壊工作を行うためだと思っている。男は霧のように捉えにくい存在なんだろう。いつの間にかこの基地に潜入している可能性がある。すぐさま全兵士の所在を確認し、部外者を炙《あぶ》り出す必要がある。言っておくが、ロナルド・レーガンに密かに乗り込んで人を殺し、誰にも気付かれずに退艦したんだぞ」

朝倉は口調を強めた。

「聞いてみただけだ。現在、基地内の兵士と家族、それに軍属の所在を確認している。同時にＮＣＩＳの四人の捜査官とこの基地のセキュリティ部隊が基地に散開し、スミスの捜査にあたっている。まあ、朗報を待っていてくれ」

セペタは自分のコーヒーも淹れて啜った。

「手伝うことはないというのか？」

朝倉は鋭い視線をセペタに向けた。

「君は何というか、目立ち過ぎるから少々困るんだ。この基地は、副局長からの指示で極秘に非常事態下に置かれている。基地からスミスが出ていくことはできない。君が言うように炙り出すだけなんだ」

セペタはコーヒーを飲みながら答えた。

「俺は目立つか。否定はしない」

朝倉は頭を掻いた。巨漢のオッドアイはどこでも目立つ。

「捜査状況を理解してくれたところで、こちらからも報告がある。ロナルド・レーガンでまた死体が増えた。デニー・バウザーという甲板作業兵だ。彼もＦＳＢの諜報員だと疑われていた。昨日の午後八時十分に殺害されたようだ」

セペタは顔を顰《しか》めた。

「検死でやけに時間を細かく刻んだな。三人のＦＳＢ諜報員候補者には、監視が付けられていたんじゃないのか？」

朝倉は肩を竦めた。見張っているのに殺害されたというのなら、捜査陣が間抜けすぎるのだ。残りの二人は通信員のケビン・パテックと甲板作業兵エイモス・スナイダーだと聞いている。

「監視は付いていたんだが、バウザーは、食堂で倒れた。食事に毒物が混入していた可能性がある。今後毒物は解析されるだろうが、大勢が見ている前で死んだんだ」

セペタは首を横に振った。

「ホシの目処《めど》は立っていないんだな」

朝倉はコーヒーを飲み干し、空になった紙コップを自販機脇のゴミ箱に捨てた。

「痛いところをつくな。ロナルド・レーガンは外洋での訓練をまだ一ヶ月以上残している。だが、これ以上、死傷者が出れば帰還せざるを得ない。そうなれば、乗員に紛れている犯人が逃亡する可能性がある。逮捕するなら、公海上の方が絶対いいのだ」

セペタは本部から五人も特別捜査官が応援に入っているのに成果が上げられていないことに苛立っているのだろう。

「殺人犯が少なくとも二人以上いることは、これではっきりしたが。何かいい手はないか」

朝倉は腕組みをして天井を見上げた。

ロナルド・レーガンでの捜査が結果を出せないのは、鑑識活動が充分にできないからだろう。解析する機器が不充分ということもあるが、大勢の兵士がいるため現場が踏み荒らされてしまう。これでは、ブレグマンのチームがいくら優秀でも捜査は進まないはずだ。

「チーフ。電話！」

サラがセペタを呼んだ。

「失礼。お代わりでも飲んでいてくれ」

セペタは紙コップを握り潰してゴミ箱に捨てると、自席に戻った。

「そうするか」

朝倉は、自販機のボタンを見ながら頷いた。ホットコーヒー、カフェラテ、アメリカンコーヒーの三種類である。さっき飲んだのは、ホットコーヒーだった。

「何！　本当か？　分かった」

セペタの甲高い声が聞こえる。

朝倉は自販機のボタンに伸ばした指先を引っ込めて、パーテーションの内側に入った。

「参ったよ」

セペタは、自席に座って大きな溜息を吐いた。

「どうしたんだ？」

朝倉はセペタのデスクの前に立った。

「スミスは基地に潜入し、すでに立ち去ったらしい。やられたよ」

「詳しく教えてくれ」

朝倉は舌打ちした。

3

午後五時五十分。

米軍佐世保基地を出た73式小型トラックは、佐世保日野松浦線に入った。

「どうして、スミスが米軍基地に出入りしたことが分かったんですか？」

ハンドルを握る蟹江が尋ねてきた。

NCISの支部にいた朝倉は、佐世保地方総監部で待機させていた蟹江を迎えに来させたのだ。

「スミスは七日の午後三時四十分に入り、四時二十分に出ている。NCISは、出入りした人物をすべてチェックした。すると、書類上で不正の見つかった人物が一名いたんだ。リー・メイトンと名乗る韓国系の軍属だったのだが、存在していなかった。そこで監視カメラの映像を調べたところ、リーは特捜局で見つけ出した高冠宇を名乗った男だったというわけだ」

朝倉はネクタイを緩めながら答えた。

「長崎に移動してすぐに米軍基地に侵入したんですね」

蟹江は首を振った。

「ホシの行動が早い。少なくとも、俺たちは三日も遅れをとっている。なんとか、その差を縮めないとな」

朝倉は腕組みをして無精髭を摩った。

「しかし、基地への滞在時間は四十分ですよね。何が狙《ねら》いだったんでしょうか？」

蟹江は首を傾げた。

「それは、基地のNCISとセキュリティ部隊が総力で捜索している。おいおいスミスの目的は分かるだろう。残念ながら我々の出る幕はない」

朝倉はふんと鼻息を漏らした。

「スミスを見つけ出したのは、特捜局なのに米軍は邪険にし過ぎですよ。我々は日米安全保障条約の縛りで協力しているのに」

蟹江は眉間《みけん》に皺《しわ》を寄せた。

「日本とは関わりのない場所で事件は起きている。被害者も然《しか》りだ。だが、特捜局が米軍の事件に関与したのは必ずしも日米安全保障条約に基づいているからでもない。これが米軍人同士の争いとかなら別だが、今回は中国とロシアが関わっている。日本が直接被害を受けていないだけで、まったく関わりがないとは言えないからだ。ＮＣＩＳが俺を呼んだのも、中露の魔手が日本にも及ぶことを予見してのことなのだろう。俺はそう考える」

朝倉は蟹江に丁寧に説明した。特捜局の捜査はＮＣＩＳに恩を売るためでも、米国に媚《こ》びを売っているわけでもないことは知って欲しいからだ。

「すみません。生意気を言って。三佐はこれからどうされますか？」

蟹江は遠慮がちに尋ねた。

車は佐世保駅の南側を通ってその先の路地を左折し、ＪＲ佐世保線の高架下を潜った。

「しばらく長崎で米軍基地内の捜査状況を見守るつもりだ。だが、俺に付き合うことはない。長崎に居ても暇を持て余すだけだからな」

「そうですか。何かありましたらお電話をいただけますか？　すぐ駆けつけますから」

蟹江は国道３５号線に出てすぐに路地に曲がり、ホテルリゾート佐世保が入っている商業ビルの前で車を停めた。

「助かったよ」

朝倉がシートベルトを外しながら言うと、蟹江は車を飛び出した。

「三佐のお役に立てて、光栄です」

蟹江はバックドアを開けてスーツケースを取り出して言った。

「ありがとう。また、力を借りるよ」

朝倉は笑みを浮かべてスーツケースを受け取った。

「失礼します」

敬礼した蟹江は、73式小型トラックに乗り込んで立ち去る。

朝倉は軽い敬礼で見送ると、咳払いをして商業ビルに入った。二人の様子を通行人が立ち止まって見ていたのだ。警務隊のパトカー仕様の73式小型トラックも目を引くが、一般人にとって特捜局や自衛隊の制服は珍しいのだろう。

エレベーターで二階に上がり、左右を見回す。

「おっ」

朝倉は笑みを浮かべた。フロントは左手奥にあったのだが、カウンター前のソファーに幸恵が座っていたのだ。朝倉に気付いた幸恵が、立ち上がって小走りに近付いてくる。

「お疲れ様。チェックインしてあるから、部屋に行きましょう」

幸恵はカードキーを右手にかざして言った。彼女ほど気配りのできる女性を朝倉は知らない。二人はエレベーターで十二階に上がった。

部屋は窓から佐世保港の夜景が見える十八平米のツインである。

私服に着替えた朝倉は、幸恵とホテルを出た。くつろぐよりも空腹を満たすことが先である。

「ここにしたいんでしょう？」

国道３５号を渡り、駅前ロータリーの手前で幸恵が立ち止まった。

「さすが我が女房。よく分かったね」

朝倉は苦笑した。目の前の商業ビルの一階に「佐世保バーガー・レモンステーキ」と記された立て看板があったのだ。

「交差点を渡る前から、この看板に目が釘付《くぎづ》けになっていたわよ」

幸恵は口元を押さえて笑った。

「おお、肉が俺を呼んでいる」

朝倉は鼻をひくつかせてビルを回り込み、Ｓ－ＰＬＡＺＡという切り文字看板下にある出入口ドアを開けた。入口の傍らに先ほどと同じ立て看板があったのだ。

「驚いた。嗅覚は警察犬並みね」

幸恵が笑うと、朝倉の背中を叩いた。彼女の屈託ない笑顔に疲れが癒《い》やされる。

「レモンステーキ定食と佐世保バーガーを頼もうかな」

朝倉は呟きながら通路に面した店のドアを開けて幸恵を先に通した。テーブル席の他にカウンター席もある。二人はテーブル席に腰を下ろした。

「むっ」

朝倉は右眉をぴくりとさせた。ポケットのスマートフォンが鳴ったのだ。

「新たな事件？」

幸恵は声を潜めて言った。

「ごめん」

スマートフォンを手に店から通路に出た。画面に佐野の名前が表示されている。午後五時に定時連絡はしてあるので、緊急を要する電話かもしれない。

「朝倉です」

――第三の男が見つかったよ。

「ほんとうですか！」

朝倉は思わず声を上げた。

――なぜか、成田空港に戻ってきたんですよ。例の警備会社から二十分前に電話がありましてね。国内線で戻ってきたようです。ただ、今度は出国するらしく、ロス行きにチェックインしました。国松君と中村君と北井を成田に向かわせました。

佐野は国松らを最悪の場合、国外まで尾行させようとしているのだろう。警備システムは空港が管理する警備会社によっても違うが、顔認証システムを設置している空港も増えている。おそらく佐野の知り合いの警備会社は、一度入力したデータで自動的に人物が特定できるのだろう。

国松と中村は英語が堪能なため、いつでもパスポートを携帯するように命じてある。昨年、朝倉は海外で極秘に捜査する必要性が生じ、フリーの諜報員である影山夏樹の力を借りて出国していた。以来、朝倉はパスポートと特捜局のバッジは必ず携帯するようにしている。

「素晴らしい！　いや、しかし、行き先もそうだが、チケットはどうするんですか？」

──餅は餅屋です。ついでに知り合いに頼んでありますよ。ご心配なく。

珍しく佐野の笑い声が聞こえる。

「了解です。ロスの便を詳しく教えてください。福岡空港なら遅滞なく向かえるかもしれません」

成田空港への移動を考えるよりも福岡空港から直接目的地に移動する方が、時間のロスはない。

──あいよ。

佐野は短く返事をして通話を切った。小気味いい返事をする時は、乗っている証拠だ。

「どうしたものか」

朝倉はスマートフォンをポケットに捩じ込むと、店に戻った。

「テイクアウトで、ステーキ弁当と佐世保バーガーを頼んでおいたわよ。また、出かけるんでしょう？」

幸恵はにこりと笑った。

「何っ！　これから福岡空港に行こうと思っていたんだ。どうして、分かった？」

朝倉は驚きの表情で幸恵を見た。

「特別捜査官の女房ですから」

幸恵が右手の親指を立ててみせた。

4

午後七時二十分。

サイレンを鳴らしながら疾走してきたマークXが、湾岸道路から環八通りに入って赤色灯は点滅させたままサイレンを止めた。

「なんとか間に合いそうだな」

後部座席の国松が胸を撫《な》で下ろしている。ハンドルを握る北井が、走行している民間の車を縫うように走ってきたのだ。北井はＦ１レーサー並みの腕を持っている。それでも高速道路ではヒヤリとさせられる場面もあり、国松は肝を冷やした。

「首都高が渋滞していたので、焦りましたよ。そもそも最初は成田に向かっていましたからね」

北井は額に浮いた汗を手の甲で拭った。中央警務隊では一番運転に長《た》けていた。佐野は捜査官全員の経歴を把握しており、朝倉が不在でも的確に指示を出せるのだ。

スミスは成田国際空港でロス行きの国際線にチェックインしたのだが、なぜか京成《けいせい》スカイライナーに乗車した。尾行を気にしての行動なのだろう。

成田国際空港の警備会社はスミスが十七時五十九分発の京成スカイライナーに乗り込むところまで

確認し、佐野に知らせてきた。佐野は急遽京成日暮里《にっぽり》駅と京成上野駅に捜査員を配備し、スミスを待ち構えた。また、成田に向かっていた国松らを呼び戻したのだ。

スミスは先手を取られているとは知らずに、京成日暮里駅からＪＲ日暮里駅に移動して十八時四十九分の山手線に乗り込んだ。佐野は大竹と日暮里駅から尾行を開始した。また、京成上野駅で待機していた野口と松井は山手線の上野駅で、スミスと別の車両に乗り込んだ。スミスは浜松町駅で山手線を降り、十九時十五分の東京モノレールに乗り込んでいる。

「むっ！　会話に加わらないとは、さては」

国松が身を乗り出して助手席を覗き込んだ。

助手席には中村が船を漕《こ》ぎながら座っていた。

「なんてやつだ！　サイレンを鳴らし続けていたのに眠っていたのか」

国松が手を伸ばし、中村の肩を揺さぶった。

「なっ、何ごとですか！」

中村が飛び起きた。

「何が『何ごとですか！』だ。羽田に着くぞ。目を覚ませ！」

国松が怒鳴った。

マークＸは環八通りから左折し、羽田空港の第３ターミナルの前で停まった。

国松と中村が車から降りると、グレーのスーツを着た男が駆け寄ってきた。首から警備会社のＩＤカードを提げている。四十代後半で、課長という肩書きが名前とともにカードに記載されていた。佐野が成田国際空港の警備会社を介して捜査協力を要請していたのだ。

「警備会社の山岸《やまぎし》と申します。特捜局の方ですか？」

日米の捜査機関でスミスとコードネームが決められた男は、タイガーエア台湾航空二十時二十五分発の台湾桃園《タオユエン》国際空港行きに乗ることは分かっていた。というのも本人が羽田空港へ移動中にも拘わらず、すでにチェックインはされていたのだ。

特命を受けた空港警備員が、対処してくれると聞いている。本来なら、羽田空港警察署に依頼するべきなのだが、捜査権がない極秘の捜査をしているため協力を得られないのだ。その点、民間なら法に触れない限り、協力要請を出しても問題はない。

「お世話になります」

国松と中村が揃って頭を下げると、山岸も会釈して走り出した。

「航空券は当方で手配してあります。それから、新型コロナウイルス陰性証明書は、特捜局から送られて来たので、プリントアウトしてあります。急いで、チェックインをすませてください」

山岸は声を潜めて言った。警備会社には航空券を手に入れてもらうため、あらかじめ国松と中村のパスポートのコピーを電子メールで送ってある。

二人とも直前のPCR検査は受けていないが、局で証明書を作成してくれたのだ。一ヶ月ほど前に検査した際の証明書の日付を変更したのだろう。明らかな公文書偽造行為だが、捜査の特例として佐野が判断したようだ。作成したのはIT課の戸田直樹《とだなおき》に違いない。彼は自衛隊のサイバー防衛隊の手伝いもしている。日頃はハッカーに対抗する仕事をしているが、彼自身も優秀なハッカーとしての技術を持っていた。

山岸から航空券と陰性証明書を受け取った国松と中村は、タイガーエア台湾航空のチェックインカウンターで手続きを済ませて搭乗券を受け取った。

「急いでください」

チェックインカウンター脇で待っていた山岸が走り出した。

「金属探知機ゲートだけお通りください」

山岸はセキュリティチェックゾーンに入ると、国松らを金属探知機ゲートに案内した。山岸が制服を着た空港職員に会釈をすると、空港職員は黙って頷いた。すでに国松らを優先して通すことは知らされているようだ。

国松と中村はセキュリティチェックを終えると、出国審査を受ける。カウンターでパスポートと搭乗券を提示すると審査官から「お気をつけて」と言われ、すぐに返された。出発時間が迫っていることもあるが、彼らも国松らが特殊な任務を帯びていることを知らされているのだろう。

「こちらです」

山岸がいつの間にかゲートエリアにいた。空港職員用通路から先回りしていたのだろう。

「ありがとうございます」

国松は小声でそっぽを向きながら答えて山岸から少し離れて歩いた。

「いやいや、間に合いましたな」

中村が気取って後ろを歩いている。彼は機内に持ち込める小型のスーツケースを持っていた。たまたま、出張の予定があったので、自分のデスクの下に下着や着替えを入れたスーツケースを置いていたのだ。それに比べ国松は、ノートPCと最低限の鑑識道具などを詰め込んだカバンだけ提げていた。国際線に手ぶらでは怪しまれるので持ってきたのだが、ないよりましである。

「私はここまでです。失礼します」

山岸はさりげなく離れて行った。

「無線機を入れるんだ」

国松はブルートゥースイヤホンを耳に入れ、ポケットの無線機のスイッチをオンにした。

「はい」

中村はまともな顔になると、ポケットから出したブルートゥースイヤホンを耳に差し込んだ。

——こちら、佐野。応答願います。

早速佐野から無線連絡が入った。

「こちら国松。ゲートエリアにいます」

国松は周囲を見回しながら答え、スマートフォンを出した。ブルートゥースイヤホンはマイク付きだが、側で見れば独り言を言っているように見えてしまう。そのため、スマートフォンで電話をかけているように見せかけるのだ。

——スミスが出国審査に向かった。

佐野はしっかりとスミスを尾行してきたようだ。

——こちら、野口。国松さん、応答願います。

「国松です。どうぞ」

――チェックインカウンターで五十分前にスミス名義で荷物が預けられています。仲間がいるようです。注意してください。

野口は佐野と別行動を取っているようだ。スミスは自分に成りすました男にチェックインカウンターで手続きをさせ、自分の荷物を預けておいたのだろう。チェックインカウンターでは航空券とパスポートを見せる必要があるので、成りすました男はパスポート番号が同じ偽造パスポートを使ったのかもしれない。

「了解です。ありがとうございます」

国松はスマートフォンで会話しているようにわざと笑みを浮かべて答えた。

中村が咳払いをした。

出国審査を終えたスミスが、ゲートエリアに現れたのだ。

国松は中村と目配せをし、スミスから離れた場所のベンチに座った。

フェーズ6：台湾の工作員

1

十一月十一日午後一時四十分、台北《タイペイ》・台湾桃園国際空港。

朝倉はスーツケースを手にボーディングブリッジを渡り、第2ターミナルに移った。

昨夜、佐世保にいた朝倉は、スミスとコードネームを付けられた男が、国外脱出を図って成田空港にいると佐野から連絡を受けた。だが、福岡空港に急いで駆けつけたところで、午後八時以降の国際便はほとんどないことが分かったので移動を諦《あきら》めている。

幸恵が気を利かせてレストランでテイクアウトをしたのだが、駅前のコンビニでビールを買ってホテルの部屋で食事をした。結果的には、久しぶりに夫婦水入らずで気兼ねなく食事ができてよかったと言える。

九州の観光地を調べるという幸恵と別れた朝倉は、佐世保からリムジンバスで福岡空港まで行き、十一時四十五分発中華航空、台湾桃園国際空港行きに乗って来たのだ。

金曜日ということで同じ便には台湾人らしき乗客は多かったが、日本人はあまり乗っていなかった。そのため、入国審査カウンターも空いている。

朝倉はパスポートと新型コロナウイルス陰性証明書をカウンターに載せた。ＰＣＲ検査は受けていないが、佐野が必要だからとメールで送って来た。大胆なことをすると思ったが、陰性証明書がなければ台湾に入国できないため背に腹は代えられない。ホテルのフロントに頼んでプリントアウトしてもらったのだ。

「ミスター朝倉？」

パスポートを見た審査官が首を捻り、カウンターの端末で何かを調べはじめた。嫌な予感がする。これまでも海外で人相が悪いからと、審査官に怪しまれたことは一度や二度ではない。

「ミスター朝倉。あなたは別室に行ってもらいます。分かりますか？」

審査官は手を上げて二人の警備員を呼び寄せた。一人は一八〇センチ弱、もう一人は一七〇センチほどで、背の高い方が年配である。

「何か問題でもあるのか？」

朝倉は英語で尋ねた。ひょっとして陰性証明書が偽物ということがバレたのかもしれない。だが、あくまでも強気でシラを切らなければならない。日本の官憲が入国審査で逮捕されたら、笑い話ではすまされないからだ。

「心配しなくてもいいです。荷物を持ちます」

年配の警備員が英語で言うと、背の低い警備員が朝倉から引ったくるようにスーツケースを取り上げた。

「乱暴はするな」

年配の警備員が若い警備員に中国語で窘《たしな》めると、朝倉を入国審査エリアの奥にある窓もない部屋に案内した。テーブルの中央にパイプが固定されている。手錠を繋げるためのパイプだ。入国で問題がある乗客を一時的に隔離しておく部屋である。ドアは内側から開かないようになっているのだろう。

「正規の手続きをしているのに、何の容疑だ？」

朝倉は英語で捲《まく》し立てた。

「我々は、個室に案内するように言われているだけです。すぐに責任者が来ます。ここで待っていてください」

年配の警備員は強張った表情で出て行った。プロレスラーのような体格で凶悪な面相の朝倉を恐れていたのかもしれない。

「笑顔のサービスもなしかよ」

朝倉はドアノブを回して施錠されていることを確認すると溜息を吐いた。手錠を掛けられないだけましとはいえ、到着早々これでは先が思いやられる。

「むっ」

スマートフォンを出した朝倉は、右眉を吊り上げた。先に台北入りした国松に連絡しようと思ったのだが、電波が届いていないのだ。空港内なのでありえないことである。この部屋は電波が遮断されているに違いない。入国審査前に本部にも連絡を取るべきだった。

五分後、軍服姿の男が一人で部屋に入って来た。

「私は陸軍情報局の魏爵《ウェイジュエ》と申します。あなたを個室に丁重にご案内するように命じたのは私です。空港職員に失礼はなかったですか？」

魏爵は笑顔で握手を求めてきた。中華民国軍は米軍の階級に従っていると聞く、肩章を見る限り中佐であろう。ただ、「佐」ではなく中国と同じ佐官は「校」を使う。また、「陸軍情報局」というのは、国防部参謀本部軍事情報局のことである。

「特別強行捜査官、朝倉俊暉だ。私が犯罪者として扱われていないのだったら問題はない。ただ、どうして陸軍情報局の中校が来たのか疑問だが」

朝倉は怪訝《けげん》な表情で握手に応じた。害はないと思われるので、正式に名乗った。

「まさか。あなたを犯罪者扱いするはずがないでしょう。日本の警察庁から我が国の警政省に『特別強行捜査局』への捜査協力を要請されたのです。ただ、あなた方が追っている人物が中国スパイと疑われているので、警政省から陸軍情報局に話が回って来ました。中国スパイは、私の部署が対応します。それに以前にも日本人にこの国の危機を助けられたので、恩返しもしたいと思っていたのです」

魏爵は意味ありげに言うと、椅子に座るように勧めてきた。おそらく、特捜局長である後藤田が警察庁を介して要請したのだろう。後藤田には佐野から逐次経過報告をしてある。

「日本人？　何者ですか？」

朝倉は首を傾げながらも尋問用のようなテーブルから椅子を引いて座った。

「八年前になりますが、日本政府から台湾で事件に巻き込まれた日本の諜報員への協力を求められたのです。当初大石恭平と名乗られていたのですが、後に藤堂浩志という方だと分かりました。いかんせん、世界的にも有名な傭兵《ようへい》特殊部を率いている方でしたので、素性が分かった時には、彼の超人的な活躍に納得した次第です。あなたもご存じかもしれませんね」

魏爵は朝倉の前に座ると、顔色を窺うように答えた。

「藤堂。彼のことは個人的にも知っています」

朝倉は眉を吊り上げた。四年ほど前にＮＣＩＳに協力してアフガニスタンで潜入捜査をした際に、タリバンに襲撃された。その際、藤堂率いる傭兵特殊部隊〝リベンジャーズ〟に命を救われたのだ。以来藤堂とは個人的に付き合いもあり、彼と連絡を取ることができる特殊なスマートフォンも持っている。通話やメールが暗号化される優れもので、藤堂を介して日本の傭兵代理店から手に入れたものだ。滅多に使うことはないが、いつも携帯するようにしている。

「一応と思ってお聞きしましたが、ご存じでしたか。満足なお礼もできずにいたので気掛かりでした。今も活躍されているのでしょうか？」

魏爵は笑みを浮かべているが、不安そうな目になった。藤堂は世界中の紛争地で活動しているのでいつ命を絶たれてもおかしくないからだ。

「今年の五月に連絡したら、ウクライナで仲間と闘っていると聞きました。訃報は聞いていないので、まだウクライナだと思いますよ」

朝倉は苦笑を浮かべた。連絡と言っても釣りに行かないかというお気楽な電話をしただけだ。藤堂は「残念だが今は忙しいので行けない。今度、どこかで一杯やろう」と気さくに返事をしてくれたのだが、背後で銃声と砲撃音が聞こえたのだ。あの時ほど気まずい思いをしたことはない。すぐさま銃を手に彼の元に駆けつけたい衝動に駆られたことを今でも覚えている。

「やはり、ウクライナに行かれたのですね。正義感の強い方ですので、戦線に参加されるのは当然かもしれませんね」

魏爵は一人で納得している。よほど藤堂に対して強烈な印象を持っているのだろう。

「陸軍情報局はどのような協力をしてくれるのですか？」

朝倉は単刀直入に尋ねた。警護をつけるという名目で捜査を妨害されたくないからだ。

「銃以外の物ならなんでも提供しましょう。中国人のスパイが対象なら本来でしたら我々の仕事ですから」

魏爵は真面目な顔になり頷いた。また、中佐クラスなら情報部でも幹部といえよう。信じてもよさそうだ。

「ありがとう」

朝倉は素直に礼を言った。

「極秘捜査と聞いておりますが、捜査内容を教えていただけますか？」

魏爵は身を乗り出した。

「分かりました。ただ、米軍との関係もありますので現段階で開示できる内容だけお話しします」

朝倉は軽く息を吐き出すと、話を進めた。

2

午後二時五十分、台北。

黒のベンツVクラスが、松壽路《ソンショウ》からグランドハイアット台北のロータリーに入り、正面玄関で停まった。待ち構えていたベルボーイがベンツの後部ドアを開ける。

台湾では欧米と同じく、住所はエリアや通り名で示される。末尾の「路」や「街」は大通りの名前で、主要道路には「段」もある。「一段」「二段」「三段」と一定の長さで段が分かれているのだ。

朝倉は魏爵に続いて車を降りた。空港で捜査の全面協力をすると言われ、ホテルも軍情報部で予約してあると言う。軍が予約したと聞いて高を括《くく》っていたが、まさか五つ星に案内されるとは思ってもみなかったのだ。しかも公用車がベンツというのも驚かされた。朝倉が日本人ということで変な忖度をしているような気がしてならない。

「予約って、ここですか?」

朝倉はエントランスで立ち止まって尋ねた。

「五つ星は他にもありますが、どこかご希望がありますか?」

魏爵は首を傾げている。朝倉がもっと豪華なホテルを希望していると思っているのだろうか。

「いや、私には五つ星というのは分不相応です。うちの局では、経費で落とせないでしょう」

朝倉は正直に答えた。局では経費削減のため、可能なら自衛隊の輸送機での移動を勧められており、捜査員はそれに従っていた。台湾まで民間機に乗っただけでなく、五つ星のホテルに泊まれば経費が落ちないのは目に見えている。

「そんな心配はご無用です。軍部では海外の要人には五つ星ホテルをご案内し、経費も軍部持ちですから」

首を振った魏爵は、豪快に笑った。

「私は将軍ではありません。台湾軍で言えば、少校ですよ。少校が要人とは言えないでしょう。できれば、三つ星のホテルにしてもらえますか。というか、知り合いから重慶北路《チョンチン》一段沿いのニュー・コンチネンタルホテル（中源大飯店）がいいと聞いています。そこにしませんか」

朝倉は相手の気分を害さないように丁寧に説明した。

コンチネンタルホテルは、国松らがチェックインしているホテルである。彼らとは出発前の福岡空港で連絡を取り合っていた。二人は空港からスミスを追って台北市内に入り、重慶北路一段沿いのフォーチュン・ハイヤーホテル（福君海悦大飯店）にチェックインしたことまで確認している。コンチネンタルホテルは、道路を挟んでフォーチュン・ハイヤーホテルの斜め向かいにあった。

国松と中村をすでに台北に派遣していたことを魏爵には話していない。隠すつもりはないのだが、二人を自由に行動させるために黙っていたのだ。

「要人扱いというのは問題ないと思いますが、このホテルでは捜査という気分にはなれないかもしれませんね。しかし、三つ星ホテルは他にも沢山ありますよ。ニュー・コンチネンタルホテルにこだわる理由があるのですか？」

魏爵は目を細めて尋ねてきた。朝倉の腹を探っているのだろう。

「先ほど打ち合わせした空港の小部屋は、監視カメラだけでなく盗聴器もあったはずです。安全保障に関わることなので慎重に行動したいのです」

朝倉は鋭い視線を魏爵に返した。暗に情報が流出する可能性がある場所では、詳細は話せないと言っているのだ。

「たっ、確かにそうですね」

魏爵は両眼を見開いた。朝倉が凄《すご》みのある顔になると、オッドアイが光るように見えると言う。意図せずに脅してしまったらしい。

魏爵はベンツの助手席に座っている部下を手招きして呼ぶと、運転している部下にも片手で指示をした。助手席から一八〇センチ近い男が降りて来て、朝倉に会釈をする。階級は上尉（大尉）らしい。ベンツはその場を去った。どこかで待機するように命じたようだ。

「悲しいかな校官は、単独での行動は許されていないのです。彼は私が信頼する部下で江 英傑《ジィアンインジェ》といいます。あなたの補佐係を命じています。歩きますか」

魏爵はホテルのロータリーから歩道に出た。江英傑は信頼する部下であるとともに魏爵のボディガードも務めているのだろう。

「よろしく」

朝倉は振り返って江英傑に軽く右手を上げた。

「こちらこそ、よろしくお願いします」

江英傑はその場で直立し、敬礼した。軍人らしい、堅物のようだ。

魏爵は松壽路と基隆路《キールン》一段との交差点手前の横断歩道を渡り、ホテル前の公園に入った。街中の公園だが、意外と木々が生い茂っている。公園の中央にタイルと自然石で作られたサークル状の造形物があった。

魏爵は造形物の西側にあるベンチに腰を下ろした。江英傑は少し離れたところに立って周囲を見回している。

気温は二十六度ほどと少々高いが、湿度が低いので気にならない。

「ほお」

隣りに座った朝倉は、右方向を見て感心した。グランドハイアット台北の少し奥に台湾を代表する建築物である台北101と呼ばれる超高層ビルが見えるのだ。高さ五百九・二メートル、地上百一階、地下五階と圧巻の存在感を放っている。

「ここなら、大丈夫でしょう。捜査対象は米軍事基地で殺人を犯して日本に潜伏していたところ、昨日になって動きをみせて台湾に渡ったということはお聞きしました。正直言ってそれだけではお手伝いの仕様がありません」

魏爵は詳細を催促してきた。

「ちょっとすみません」

朝倉はスマートフォンでメールのチェックをした。すると、二通のメールが届いていた。ベンツに乗って空港を出る際に、藤堂と国松にメールを送っていたのだ。

藤堂には、魏爵について尋ねたところ、「信頼しても大丈夫」と簡単なテキストが返ってきている。国松のメールは、ホテルの正面玄関だけ交代で見張っているが、今のところ動きはない、だが、二人では限界だと書かれている。

「基地と言いましたが殺人があったのは米空母で、犯人は米軍兵士から空母の機密情報を盗んだようです。また、空母を密かに脱出し、今度は佐世保米軍基地に潜入しています。滞在時間はたったの四十分だった。基地内の兵士から機密情報を受け取ったのでしょう。身分を様々に変えて神出鬼没で捉えどころがないので、我々はスミスとコードネームを付けています」

朝倉は魏爵の表情を読みながら話を区切った。「神出鬼没」という言葉に反応し、考え込むような仕草をしている。

「日本近海を航行する米空母というのなら、ロナルド・レーガンということですね。神出鬼没の中国工作員ですか。……朝倉少佐は〝紅軍工作部〟という中国の情報機関のことをご存じですか？」

魏爵は周囲を見回し、声を潜めて質問で返してきた。

「党主席室直下の極秘諜報組織ですね。実は昨年も米軍絡みで〝紅軍工作部〟の二人の工作員を追い詰めました。彼らは情報元の暗殺を図るという非道な手口で米軍の機密情報を盗み出していました」

朝倉も小声で話した。

馬振東《マーシントウ》と林波《リンボー》の二人組で、馬振東の外見が朝倉にそっくりだったため捜査が混乱したという曰《いわ》く付きの事件になった。確信はないが、スミスは〝紅軍工作部〟の工作員だと思っている。

「日本はすでに〝紅軍工作部〟に対処していたんですね。我々も〝紅軍工作部〟には随分と煮え湯を飲まされています。二人は逮捕できたのですか？」

魏爵は幾分興奮した様子で尋ねてきた。

「すみません。一人は仲間に殺害され、もう一人は追い詰めた結果自殺しましたので、情報を得られませんでした」

朝倉は苦笑した。林波は影山が殺害し、馬振東は朝倉を襲撃した際に自爆したのだ。

「そうですか。〝紅軍工作部〟の工作員は作戦を完了させなければ、国に帰れないと聞いています。作戦失敗は死を意味するからです。二人は特捜局の捜査で浮上し、死を選ぶ他なかったのでしょう。彼らはけっして白状しません。〝紅軍工作部〟のことを話せば、トップが誰だか教えることになりますからね」

魏爵は頷きながら言った。

「なるほど、〝紅軍工作部〟が私の追っている事件と関係していると思われるんですね」

朝倉も小さく頷いた。馬振東が爆弾を体に巻き付けて襲ってきた理由は、死を覚悟してのことだったことを今さらながら理解した。

「数年前から神出鬼没の〝紅軍工作部〟の工作員が、我が国の軍事施設に何度も出没しています。監視カメラにも映らないし、指紋も残さない。我々は捉えどころがないため、その工作員に〝陽炎《かげろう》〟というコードネームを付けて追っています」

「どうして〝紅軍工作部〟だと分かったのですか？」

朝倉は首を捻った。神出鬼没なら正体など分からないはずだ。

「詳しくはお話しできないのですが、軍事情報局の諜報員もそれなりに優秀ということです。ただ、その活動にも限界があります。〝陽炎〟はそのコードネームが気に入って〝紅軍工作部〟で自ら使っているそうです。馬鹿にされたものですよ」

魏爵は苦笑を浮かべた。中国で軍事情報局の諜報員が活動しているということだろう。

「情報戦も中国とつばぜりあいということですか」

朝倉は腕組みをして唸った。中国人民解放軍は、台湾領域にまで迫る軍事訓練を頻繁に行うことで台湾政府と国民を恫喝《どうかつ》している。

二〇二二年八月四日、中国人民解放軍は前日のペロシ米下院議長の台湾訪問への対抗措置として、一九九六年の第三次台湾危機以来となるミサイル発射訓練も行い、台湾海峡での演習としては史上最大規模となった。

この際、人民解放軍が発射した弾道ミサイル五発が日本の排他的経済水域（ＥＥＺ）に着弾している。与那国島《よなぐにじま》北北西沖で、警告もなく発射されたため漁民への被害があってもおかしくなかった。

中国は台湾に肩入れするなら、米国はもちろんのこと日本も攻撃対象であるという明確なメッセージを残したのだ。

「おおよそのことは分かりましたが、ニュー・コンチネンタルホテルにこだわる理由を教えてもらえますか？」

魏爵は話を戻した。

「〝陽炎〟がスミスかどうかは分かりませんが、我々はスミスが、重慶北路一段沿いのフォーチュン・ハイヤーホテルにチェックインしたことを突き止めています。私の部下が、フォーチュン・ハイヤーホテルの向かいにあるニュー・コンチネンタルホテルで見張っているのです」

朝倉は正直に話した。藤堂が魏爵という人物を保証してくれたからである。

「本当ですか！」

魏爵は声を上げて腰を浮かした。

3

午後五時五十分。

朝倉はニュー・コンチネンタルホテル六階の部屋から、向かいのフォーチュン・ハイヤーホテルを見つめていた。二時間前に朝倉はホテルに入って国松らと合流している。

「私が言うのもなんだが、昨日から一歩も外出していないのは、おかしくないかな」

国松が腕組みをして言った。朝倉と二人だけなので、口調が普段使いになっている。

「二人ともホテルの出入りは見ていたんだろう？」

朝倉はチラリと壁際のソファーを見た。中村はソファーで仮眠を取っている。交代しているとはいえ、昨日からの見張りで疲れているのだ。

「交代で見張っていたが、ホテルは正面の出入口だけでなく、従業員用の出入口が一本西の路地にある。そこまでは目が届かなかった。だから、スミスがホテルにいるとは保証できないのだよ」

国松が自信なさげに言った。見張りは出入口の数の二倍は最低限必要である。だからと言って昨日から現地の警察の協力を仰ぐことはできなかった。スミスが中国の工作員、あるいは殺人犯という証拠は何もないからだ。

「スミスは、孫秀全《スンシウチュエン》という名でチェックインしているらしい。部屋は、重慶北路一段側の五階の518号室だそうだ。ホテルのフロントは外出したとは認識していないらしい」

朝倉は向かいの518号室をカーテンの隙間から見ている。暗くなってきたが、518号室は暗いままだ。チェックアウトはしていないので、まだ部屋にいる可能性はある。

軍事情報局はホテル側に接触し、協力を得ていた。江英傑が十人の部下を引き連れてホテルの周囲を取り囲んでいる。

眼下の重慶北路一段は中央分離帯や歩道に年月を重ねた大きな街路樹がある。江英傑も含め、全員私服で民間人に紛れており、樹木が育った古い町並みにすっかり溶け込んでいた。

軍事情報局はホテルの監視カメラも確認しているらしいが、チェックイン時の画像ではスミスの顔は確認できなかったらしい。だが、対応したフロントマンに写真を見せたところ、間違いないと答えたという。そのため、江英傑らは色めき立っていた。

「我々は見ているだけか」

国松は窓際に置いてある椅子に腰を下ろした。彼も疲れているのだ。

特捜局で得られたスミスの顔写真を魏爵に渡しているが、軍事情報局のデータに該当者はなかったらしい。軍事情報局は、中国の中央軍事委員会連合参謀部情報局や中央統一戦線工作部など、中国の情報機関に所属する工作員のデータをかなり収集しているようだ。何百人ものデータがあるそうだが、それでもごく一部らしい。

軍事情報局ではそれでも諦めずに調査を続けている。江英傑はすぐに踏み込むつもりだったが、魏爵が待機を命じていた。というのも、宿泊カードに記載された孫秀全という人物が実在することが分かったからだ。

台湾南部の高雄《ガオシオン》市のビジネスマンらしい。そのため、軍事情報局の職員が現地へ行って確認している。いきなり踏み込んで誤認逮捕では洒落《しゃれ》にならない。情報源が外国の警察機関というので、なおさらである。

「俺たちは全力で、お膳立てした。逮捕はこの国の官憲に任せればいい」

朝倉はそう言うと、椅子を引き寄せて座った。疲れたというより、腹が減って血糖値が下がっているのだ。

「もし、ホテルにいなかったら責任を感じるな。海外だから機動力が落ちるのは仕方がないが、捜査員が増えればなあ」

国松が溜息を吐いた。

「結果を残していけば、班から局に昇格したように人員は増えるだろう。だが、少数精鋭だからこそ、小回りが利くという利点もある。強いていうなら、俺のような自由に動ける特別捜査官を増やすことだな」

朝倉も特捜局がこのままではいけないことも分かっている。だが、そうかといって予算や人員をただ増やせばいいという問題でもないのだ。

朝倉のスマートフォンが鳴った。画面に魏爵の名前が表示された。

「朝倉です」

中国語で答えた。

——高雄に派遣した部下が孫秀全を確認しました。本人は高雄在住でしたが、昨年交通事故で寝たきりという状態でした。これからホテルに突入します。

魏爵は張り切った声である。

「突入はできるだけ少人数で行ってください。もし、部屋に誰もいなかった場合、スミスがホテルに戻ってくる可能性があります。宿泊客にも気付かれないようにしてもらえますか」

朝倉は窓の下を覗きながら言った。

——了解です。チームを分けて行動させましょう。

魏爵の声のトーンが落ちた。派手に突入させたかったのだろう。

江英傑が四人の部下を伴ってエントランスからホテルに入っていく。二人の男がさりげなく玄関前に立っている。裏口にも配置しているはずだ。妥当な線だろう。

「いよいよだな」

国松が立ち上がってカーテンの隙間から覗き込んだ。

五分ほどして、朝倉のスマートフォンが鳴った。今度は江英傑からだ。

「朝倉です」

――英傑です。部屋には誰もいませんでした。部下にホテル中を探させましたが、スミスはいませんでした。部屋にあったのは、空のスーツケースだけです。

英傑は沈んだ声で報告してきた。

「部屋を確認したいが、いいか？」

朝倉は淡々と尋ねた。

――それでは、部屋でお待ちしています。

「空振りだったらしい。道具を持って行くぞ」

朝倉は国松に言うと、立ち上がった。

「了解です。中村、起きろ。行くぞ」

国松はソファーで眠っている中村を揺り動かした。

「ふぁ、はい！」

中村が立ち上がって敬礼した。

4

朝倉は、重慶北路一段の中央分離帯の植え込みが剝《は》げている場所から通りを渡った。

国松と中村は数メートル後ろを歩いている。

フォーチュン・ハイヤーホテルに入り、フロントに特捜局のバッジを見せて通り過ぎる。フロントマンはちらりと見ただけで会釈をして朝倉を通した。

台湾の警察官の警察証は赤地に写真が載っており、明らかに違うのだが、ホテルに軍事情報局が出入りしているので警察官とは違うと認識しただけで疑問には思っていないのだろう。通常民間人は軍事情報局と関わりはないので、よく知らないのだ。それを踏まえた上で、朝倉は特捜局のバッジを見せた。

国松と中村は朝倉の行動を見て顔を見合わせると、フロントマンに朝倉を指差しながら愛想笑いを浮かべて通り抜ける。

三人はエレベーターに乗り、五階に上がった。

朝倉がノックする前に、518号室のドアは開いた。

「どうぞ」

顔を覗かせた英傑が、ドアを押さえて招き入れた。

朝倉は部屋に入ると、ポケットからニトリルの手袋を出して嵌めた。国松と中村も手袋をしている。

「現場検証でもするのですか？」

英傑は朝倉らの手袋を見て驚いているようだ。軍事情報局は捜査はするかもしれないが、鑑識活動はしないはずだ。だからといって、警察の手を借りることはないだろう。

部屋は二十五平米、シングル、清潔感があり、広々としている。

スミスは三日分の支払いをすませてある。ベッドメイキングされているので、ベッドには髪の毛や頭皮などの物的証拠は残っていないだろう。

ベッド脇に空のスーツケースが置かれている。もともと、別の鞄を入れていたのだろう。スーツケースは邪魔なので捨てたらしい。そもそも偽装のための物だったのかもしれない。プロなら遺留品や指紋は残さないはずだ。空のスーツケースがあるということは、逆に部屋には戻ってこないということになる。

「そのつもりです。我々は鑑識作業もできますから。すみませんが、この部屋を担当した清掃スタッフを呼んでもらえますか？」

朝倉は国松らに目配せした。

二人は頷くと、カバンに入れてある道具を取り出して鑑識作業に取り掛かる。彼らがいた中央警務隊では証拠の採取から分析まで捜査官が行っていた。慣れたものである。

「はっ、はい」

英傑はベッド脇の内線電話に手を伸ばし、慌てて引っ込めた。彼らは情報機関の職員であって警察官ではないのだ。英傑はスマートフォンを出し、フロントに電話を掛け始める。その間、国松と中村は、指紋採取のためシャワールームに入った。

「スミスが戻ってくるかもしれないので、部下に見張らせてくれないか。その間、我々がこの部屋を調べる」

朝倉は窓の周辺を調べながら言った。窓ガラスに指紋は残っていない。スミスがプロの工作員なら痕跡は残さないだろう。

「了解です。この部屋のスタッフを呼びました。何か分かったら、教えてください」

英傑は会釈をして部屋を出て行った。

「どうだ？」

朝倉はシャワールームのドアを開けた。左手に洗面台があり、その奥にガラス張りのシャワーコーナーがある。洋式便器がシャワーコーナーの前にあった。

国松と中村は二人で作業しているのだが、窮屈そうには見えない。だからといって、朝倉が入れば作業はできなくなってしまうだろう。

「駄目ですね。洗面所周りは、綺麗に拭き取られています。というか掃除されてから使っていないのかもしれませんよ」

国松は首を振って見せた。

「どうでしょうかね」

便器の周囲を調べていた中村が、振り返ってにやりと笑った。

「まさか」

国松が、中村の背中越しに覗き込んだ。

「これっ」

中村が得意げな声を上げている。

「まさに」

国松が声を上げた。二人で掛け合い漫才をしているようなものだ。

「おいおい、指紋があったのか？」

身を乗り出すと国松が外に出てきたので、朝倉はシャワールームに入った。

「便座の下側に親指の指紋が残っていました。便座の上は綺麗だったので、清掃したスタッフが掃除をするのを忘れたのでしょう」

中村は説明しながら指紋を採取するフィルムを貼り付けた。

指紋が検出されたからといってスミスのものとは限らない。だが、便座の下に指紋を残すというのなら最近この部屋を使った客か清掃スタッフに違いない。客だとしたら男性である。女性は便座を上げるようなことはしないはずだ。

「チーフ」

国松に呼ばれた。

シャワールームを出ると、出入口近くにフィリピン系の女性が立っていた。今にも泣き出しそうな顔をしている。

「この部屋の清掃担当の方ですね？」

朝倉は黒縁の伊達《だて》眼鏡を掛けて笑みを浮かべ、英語で尋ねた。オッドアイの威圧感を与えないように、伊達眼鏡はいつも持ち歩いている。レンズに度は入っていないが、少し色が入っているので、オッドアイが目立たない。しかも最近流行《はや》りの丸みを帯びたフォルムに変えたので、人相も和らぐのだ。幸恵のチョイスである。

「はい。そうです」

女性は消え入りそうな声で答えた。私服に着替えているので、仕事は終わっているのだろう。

「私は朝倉と言います。お名前を伺ってもいいですか？」

「マイカ・ファティです」

「今、この部屋の宿泊客について調べています。ご迷惑は掛けませんので、協力してもらえますか？」

朝倉は笑顔を絶やさずに尋ねた。

「はい。大丈夫です」

マイカはほっとした表情を見せる。

「この部屋の清掃は何時に入りましたか？」

「午前十時四十分ごろだと思います。隣りの部屋に十時半に入っていますから」

マイカは首を傾げながら答えた。

「ベッドメイクをしたときに、使われた形跡はありましたか？」

「いえ、綺麗なままなので、ベッドメイクはしていません。私もおかしいと思いましたが、夜中に遊びに行かれて外泊されるお客様もいるので、ホテルには報告しませんでした。これ、内緒にできますか？」

マイカは祈るように手を合わせた。この部屋の掃除もしていないということなのだろう。とすれば、シャワールームも掃除していないはずだ。

「もちろんです。この部屋の宿泊客の顔に見覚えはありますか？」

朝倉は自分のスマートフォンを出してスミスの画像を表示させると、裏側をさりげなくジャケットで拭って女性に持たせた。

「私たち清掃係は、お客さまの顔を見ることはほとんどありませんから」

マイカは首を捻ると、スマートフォンを返してきた。彼女の答えは分かっていたのだ。朝倉はスマートフォンの端を摘んでポケットに入れた。

「ありがとう。助かったよ」

朝倉はポケットから五百元札を出し、マイカに渡すと丁重に部屋から出した。遅い昼飯を食べたときに両替をした金が役に立った。

「頼んだ」

朝倉はポケットからスマートフォンを摘み出して国松に渡した。

「さすがですね」

国松は受け取って笑みを浮かべた。便座に残っている指紋と比較するため、マイカの指紋を採取したのだ。

「便座の指紋を採取しました」

中村がシャワールームから出てきた。

「念のためにもう一度室内を点検して退散しよう」

朝倉は部屋の中を見回して言った。

5

午後七時二十分。ニュー・コンチネンタルホテル六階。

朝倉は窓際に立ち、ワークデスクで作業をしている中村を見守っている。

中村はフォーチュン・ハイヤーホテルの一室で採取した指紋をルーペで見比べていた。

指紋はドアノブや小型冷蔵庫などから二十個以上発見したが、劣化したものは省いて比較的新しい指紋を十三個採取した。その中で六つが、清掃スタッフのマイカの指紋と一致している。

「七つの指紋を本部に送ります」

ルーペを置いた中村が、大きな息を吐き出した。

「あとは、私が代わろう」

国松は持参したＡ６サイズの小型スキャナーを出し、中村に代わって椅子に座る。国松は採取した指紋のシートを一枚ずつスキャナーに挟んではデジタル化した。スキャナーはノートＰＣに接続されており、国松は指紋データをメールに添付してＩＴ課の戸田と軍事情報局の魏爵に送った。

「飯でも食いに行くか」

朝倉は国松と中村の肩を叩いた。

ホテルを出た三人は、重慶北路一段を北に向かっている。ホテルのフロントマンに聞いたのだが、安くてうまいと評判の重慶飯包《ファンバオ》という店が近くにあるのだ。

「メニューのほとんどが六十元だそうですよ。二、三百円で食べられるっていうことですね」

中村が歩きながらスマートフォンを見て声を上げた。一仕事終えてはしゃいでいる。

ベンツＶクラスが朝倉らを抜いた途端、急ブレーキを掛けて停まった。

「朝倉少佐。お乗りください」

助手席のドアが開き、江英傑が降りてきた。緊急の用事らしい。

「俺だけか？」

朝倉は肩を竦めた。

「三人ともお乗りください」

江英傑は後部ドアを開けた。

「了解」

朝倉が国松らを先に乗せて最後に乗り込むと、車はサイレンを鳴らしながら走り出した。

「スミスと思われる男を台北港で発見しました。海巡署から通報があったのです」

助手席の江英傑が興奮気味に言った。ちなみに海巡署は米国の沿岸警備隊のような組織である。

「例の写真を海巡署まで配布していたんですか？」

朝倉は苦笑を殺して尋ねた。いつの間にか極秘捜査ではなくなっていたらしい。

「台湾は島国です。この国から出るには飛行機か船しかありません。日本も同じですよね。台湾の空港と港を重点的に調べるように警察機関に一斉に顔写真のデータを送りました。ただし、軍事情報局の管轄のため、発見の報告のみで動いてはいけないと通達を出してあります。もっとも、我々が関わっているという時点で、標的はスパイということになりますから、その辺の事情は警察機関も分かっています」

江英傑は得意げに説明した。

ベンツVクラスは、縦貫《ゾンガン》公路から高速道路である台６４線に入り、北西の台北港に向かって疾走する。高速道路でもサイレンを鳴らし続けているので、障害物はまったくない。

二十数分後、ベンツVクラスは、台北港の西側にある北部地区機動海巡隊基地のゲートを通過し、護岸の手前で停まった。

護岸には二千トン級巡防救難艦が停泊していた。救難艦と言っても日本の巡視船と同じく単装機銃や機関砲を装備している。

「でかいのに乗るんだな？」

車を降りた朝倉は全長が百メートル近い船を見て目を見張った。

スミスは台北港から八キロ西にある大型桟橋に停泊しているクルーザーに乗り込んでいると、移動中に江英傑から聞いていた。

Ｌ字形の桟橋の先は、護岸から一キロも海上に伸びているため、陸地から近付けば気付かれて船で逃げられてしまうだろう。まして、対岸の中国まではたったの百キロという距離のために絶対逃がすことはできないのである。そのため、船を横付けして拘束するのだ。

「あの船じゃありません。我々は、隣りの巡防艇です。足回りもいいのです。それと、サポートで海巡隊の高速モーターボートも付いてきます」

江英傑は、巡防救難艦の隣りに停泊している全長二十メートルほどの船を指差した。巡防艇は百トン未満の巡視船のことで、海上保安庁で言えばＰＣ型やＣＬ型に相当する。朝倉らが乗り込む船は三十トンもない船だ。

「だよな」

朝倉は小さく頷いた。

「すみませんが、私は部下を八名伴います。乗員の関係で少佐だけお乗りください。せっかく来ていただいて申し訳ないが、あなたの部下はこの基地で待機していただくことになる」

江英傑は国松と中村を見て強い口調で言った。朝倉らをピックアップする時点で仕方なく三人とも乗せたのだろう。

「捜査の邪魔になりたくありません。残念ですが、私は皆さんの朗報を待ちます」

中村が一歩前に出て言った。隣りで国松は首を振っている。武器も持っていないので何もできないと思っているに違いない。腹が減っているので、これ以上働きたくないというのが本当のところかもしれない。

「いいだろう。急ごう」

苦笑いを浮かべた朝倉は、江英傑を促した。中村の頭の中を想像すると頭にくるので、最近は笑って忘れることにしている。

朝倉は護岸から巡防艇に乗り込んだ。乗組員は係留ロープを外し、船首の機器のカバーを外すなどきびきびと動く。驚いたことに船首の機器は、T-75S 20ミリ機関砲であった。半世紀以前に開発された古い型であるが、最大射程五千メートルという威力を持つだけに現役の機関砲として使われているのだ。

巡防艇は数分で護岸を離れた。モーターボートが先行している。

「それにしても、クルーザーに乗っているスミスをよく見つけ出したな」

船縁のベンチに座った朝倉は、隣りに座っている江英傑に尋ねた。二人とも海巡隊から渡されたライフジャケットを着ている。

「中国と緊張関係にあるため、海巡隊は港や桟橋に停泊している船の臨検を頻繁に行っています。クルーザーの臨検を行った海巡隊員が覚えていたのです。念のために海巡隊ではドローンを飛ばして船の位置を確認しています」

江英傑は緊張した面持ちで答えた。彼は「緊張関係」と言ったが、海巡隊や台湾軍は中国の度重なる領空領海を侵害する軍事訓練に対処すべく臨戦態勢に入っているのだろう。

「なるほど」

朝倉は大きく頷いた。

「間もなく到着します」

海巡隊員が二人に声を掛けてきた。

朝倉は立ち上がって、前方が見える位置に立った。海巡隊員も軍事情報局員も米国のM４に似ている５・５６ミリT９１アサルトライフルと、ベレッタM９２をベースにしたハンドガンT７５K２で武装している。武器を携帯していないのは、朝倉だけだ。クルーザーに最初に乗り込むのは、船上での訓練を積んでいる海巡隊員が行うことになっていた。

「逃げ出したぞ！」

船首から声が上がった。クルーザーが突然離岸したのだ。海巡隊の船に気付いたのだろう。

先行するモーターボートが速度を増して追う。

クルーザーから炎が上がった。次の瞬間、海巡隊のモーターボートが爆発した。

「おお！」

船内からどよめきというより悲鳴が上がった。クルーザーからモーターボートにロケット弾が撃ち込まれたのだ。

「正当防衛を行使する。乗員配置に就け！」

「モーターボートの隊員を救出しろ！」

「もたもたするな！」

中国語の怒声が飛び交う。

船首の20ミリ機関砲に砲手が付いた。

「おいおい、だめだ！」

朝倉は叫んだ。

だが、その声は機関砲の銃撃音で掻き消された。機関砲から放たれた20ミリ弾が、赤い筋を描きながらクルーザーの船尾に次々と命中する。瞬時に機関部が炎を上げ、爆発した。クルーザーの乗員が次々と海に飛び込む。

「やったぞ！」

「ざまあみろ！」

「クルーザーの乗員も救出せよ！」

隊員の歓声で指揮官の命令がよく聞こえない。乗員は右舷側の海上にひっくり返ったモーターボートに気を取られているのか、溺れるクルーザーの乗員を無視しているのだろう。

「何やっているんだ！」

朝倉は左舷側の救命浮輪を海上に投げると、救命胴衣を脱ぎ捨てて海に飛び込んだ。

フェーズ7：陽炎

1

十一月十四日、午前八時十分、市ヶ谷防衛省C棟。

朝倉は特捜局のドアを開けた。

ドアの正面は高さが百五十センチほどのパーテーションで仕切られた通路になっており、突き当たりが局長室である。奥の左側の六畳ほどのスペースがパーテーションで囲まれており、副局長兼特別捜査官である朝倉のスペースになっていた。

通路の右側は警課、左側は防課のエリアになっており、一番奥の席が課長席になっている。出勤時間は午前八時半になっているため、この時間に出勤する職員は半分にも満たない。

「おはようございます」

「朝倉さん、おはようございます」

「おはようございます。お疲れ様でした」

通路の左右から声を掛けられる。

「おはよう」

「おはようさん」

「ありがとう。おはよう」

朝倉は職員一人一人と挨拶を交わしながら通路を進んだ。

「お疲れ様です。国松くんはもう入っていますよ」

佐野が声を掛けてきた。

「おはようございます。相変わらず早いですね」

朝倉は佐野に軽く頭を下げると、正面の局長室のドアをノックした。始業時間の午前八時半に局長室で捜査報告をすることになっていたのだ。

「入ってくれ」

後藤田の声である。

局長室といっても十二畳ほどのスペースに、執務机とスチール製の書類棚、ガラステーブルを挟んで二対のソファーがあるので少々窮屈な感じがする。朝倉が使っていた時は、ソファーはなく折り畳み椅子を並べていた。だが、それでは職員と話すにも尋問しているようだと後藤田がソファーセットを置いたのだ。

「おはようございます」

先にソファーに座っていた国松が立ち上がり、朝倉に挨拶した。

「休みもない出勤で、本当にご苦労様。まあ、座ってくれ」

後藤田もわざわざ立ち上がって朝倉に頭を下げた。気取らない好人物である。彼は特捜班の班長だったが定年退職していた。だが、朝倉が局長に就任したことによって捜査官としての仕事に差し障りが出たために、後藤田を引っ張り出して局長にしたのだ。

といっても、決裁権を必要とされる局長の事務仕事や外部との交渉を主な業務とし、捜査は朝倉と佐野と国松が指揮していた。捜査上のストレスがないせいか、後藤田は以前にも増して人当たりがよく温和である。

「とんでもありません」

朝倉が国松の対面に座ると、佐野は国松の隣りに腰を下ろした。朝倉は台湾での捜査に区切りをつけて昨夜帰国している。同行していた国松と中村は一昨日先に帰国させていた。後藤田からはせめて一日休暇を取ってから出勤するように勧められていたが、捜査報告があるからと断っていたのだ。国松や中村を介して毎日報告していたが、後藤田に直接口頭での報告はしていなかった。

「失礼します」

中村が、コーヒーを入れた紙コップを載せたトレーを手に入ってきた。その後ろに同じくトレーを手にした野口の姿もある。

局の出入口近くに、豆から淹れるコーヒーサーバーが置かれている。福利厚生の一つだと、朝倉が強引に押し切って設置してもらった。防衛省内のレストランを除いて、部署に置かれているのは特捜局だけだろう。

中村と野口は全員にコーヒーを配ると、部屋の片隅に折り畳み椅子を出して座った。捜査報告というより、幹部会議のようなものだ。

「少し時間は早いが、朝倉くん頼むよ」

後藤田はコーヒーを一口啜ると、朝倉を促した。

「結果からいって、スミスは取り逃がした可能性があると思っております」

朝倉は時系列に従って説明をはじめた。

三日前、朝倉は軍事情報局の江英傑のチームと海巡隊の巡防艇に乗り込んだ。スミスと思しき男が乗船しているクルーザーの前に海巡隊のモーターボートが回り込んで航路を塞ぎ、巡防艇を横付けして武装した海巡隊員がクルーザーに乗り込むという作戦であった。

だが、クルーザーからロケット弾が発射されてモーターボートが爆破されるという想定外の出来事が起きた。モーターボートには六名の海巡隊員が乗り込んでいたが、二名死亡、三名が負傷し、一名が行方不明になっている。

後続の巡防艇の艦長は正当防衛を即座に行使し、T‐75S 20ミリ機関砲でクルーザーの機関部を破壊して撃沈させた。海巡隊の手順は何一つ間違っていない。むしろ、二発目のロケット弾で攻撃される前に敵を殲滅《せんめつ》させた手腕は評価できる。

だが、撃沈させたクルーザーの救助活動に遅れが生じた。朝倉は、乗員の犯人に対する感情的サボタージュだったと思っている。

朝倉は二つの救命浮輪を海に投げると同時に自ら海に飛び込んで、負傷しているクルーザーの乗員を救助した。自力で救命浮輪に摑まった二人の男と、負傷して溺れそうになっている男を二人助け出している。

ほぼ無傷の趙《ジャオ》という男の話ではクルーザーには六人乗り込んでいたらしく、機関部近くにいた二人が行方不明になっているようだ。巡防艇の機関砲の直撃を受けた可能性がある。とすれば、溺れる前に死んでいただろう。

朝倉は軍事情報局で行われた趙の尋問にマジックガラス越しだが、立ち会っている。もう一人無傷の孫という男の話も趙とほぼ同じで、ロケット弾を撃ったのは、機関部近くにいた李《リ》という男らしい。二人の証言は合っているが、死人に口なしで確かめようがなかった。

肝心のスミスと疑われている男は朱鉄《ジュティエ》という男で、機関砲の二十ミリ弾が肩を掠《かす》めたために入院している。掠めたといっても左腕がちぎれそうになっていた。二十ミリ弾はそもそも対人用としてはあまりにも強力で、体のどこにあたっても死に至るケースが多い。

朝倉も本人の顔を確認しているが、狐目でスミスの顔写真と酷似していた。ただ、口元の黒子はなかった。変装で付けていた可能性も考えられたが、朱鉄の指紋を取って台湾の捜査機関である刑事警察局に調べてもらった。すると、彼は麻薬の売買で前科があり、中国の福建《ふっけん》省と台北を頻繁に行き来していることが分かったのだ。

二〇一四年の米国防白書では中国から「薬物戦」や「文化戦」など従来とは異なる攻撃方法が戦略的に用いられていると記されている。それほど、中国産の薬物輸出は米国では問題視されてきたのだ。

中国はモルヒネの百倍の鎮静作用がある〝オピオイド（フェンタニル）〟の国内での使用を禁止して

おきながら輸出品としては公認している。もっとも、輸出先の国でも禁止されており、密輸となるため黙認というのが正しいかもしれない。

中国は米国などの先進国に輸出して莫大な利益を稼ぐだけでなく、その国を薬物中毒で汚染して文化を破壊するという、まさに米国が言う「薬物戦」を行っているのだ。米国のマスコミは習近平《しゅうきんぺい》が米国に仕掛けた「二十一世紀版アヘン戦争」と呼んでいる。

朱鉄は〝オピオイド〟を中国から買い付ける麻薬ディーラーだったらしい。

「なるほど、朱鉄はスミスでなかった可能性が高いということですか」

後藤田は腕組みをして首を上下に振った。

「フォーチュン・ハイヤーホテルで採取した七つの指紋とも符合しませんでした。また、軍事情報局の依頼で刑事警察局が指紋を解析しました。六つの指紋がマイカ以外のホテル従業員の指紋であることが判明しています。しかし、一つだけ最後まで人物を特定できなかったようです」

朝倉が話を区切って中村をチラリと見ると、両眼を見開き自分を指差し鼻の穴を広げている。

「中村がホテルのトイレから採取した物が、唯一特定できなかった指紋で、スミスの物という可能性があります」

朝倉は仕方なく詳細を言うと、中村は自慢げに笑っている。

「さすがです。うちの捜査員は優秀ですね」

後藤田はにこやかな表情で中村を見た。

「いや、それほどでも」

溢《あふ》れんばかりの笑顔で、中村は頭を掻いてみせた。

「その指紋は、戸田に頼んでインターポールに照合を依頼しています。近日中に答えは返って来るでしょう」

朝倉は中村を無視して話を続けた。

「特捜局の捜査は、一段落したかもしれませんが、NCISの方はどうなっていますか？」

後藤田は朝倉を見て尋ねた。

「FSBの工作員と疑われていた四人の兵士のうち二人が殺害されました。昨日NCISのブレグマンに確認したところ、残りの二人を新型コロナの濃厚接触者という名目で現在も隔離しているそうです。三件の殺人の物的証拠が出ていない以上、それ以外の理由で拘束するのは不可能なのでNCISの対処は妥当だと思います」

朝倉は淡々と報告した。

「また君に協力要請を出してくるだろうか？」

後藤田は机に肘をついて両手を組み合わせて尋ねた。日米安全保障条約に基づき、特捜局は動いている。だが、一方的に使われることが多いので、後藤田は問題視しているのかもしれない。

「たぶん、それはないと思います。私が空母に再び乗船しても新たな物証が出ない限り、状況を変えられるとは思えませんから」

朝倉は正直に答えた。ブレグマンらを助けるのは吝かではない。だが、朝倉が役に立てるとはもはや思えないのだ。

「そうだね。それでは日常業務に戻ってもらうか」

後藤田は小さな咳払いをした。会議は終わりということだ。

「それでは失礼します」

朝倉が立ち上がると、全員一斉に起立した。

2

午後六時二十分。

スポーツウェアを着た朝倉は、バックパックを背に紀伊国坂《きのくに》の歩道を走っていた。

基本的に防衛省にある局への通勤はランニングである。特戦群時代は毎日ハードな訓練に明け暮れていた。だが、捜査官になってからは運動不足に悩まされている。今朝のように朝一番で幹部会議などがある場合は、自宅からスーツを着たまま最短コースで防衛省に入り、正門でランニングシューズから革靴に履き替えるようにしていた。

住まいが新宿区若松《わかまつ》町の夏目坂《なつめざか》通り沿いのマンションのため、防衛省まではたったの二キロと物足りないのでいつも遠回りをして十キロ近く走るようにしている。以前はコースを決めていたが、半年ほど前から毎日コースを変えるようにしていた。

気分転換ということもあるが、行動パターンを決めると危険だと国松から注意されたからだ。対人の待ち伏せならいくらでも対処できるが、狙撃の場合は防ぎようがないためである。

紀伊国坂を下り、青山通りとの交差点で信号に捕まった。

「どうしたものか」

ステップを踏みながら自問した。青山通りを進んで三宅坂《みやけざか》から内堀《うちぼり》通りに出て、そのまま皇居を一周するつもりだった。だが、腹が減っているのである。特戦群時代は、サバイバル訓練を何度も受けて精神の鍛錬をしたものだ。しかし、警察官になって思ったのは、単純なことだが空腹を我慢すれば精神的に悪いということである。

自衛隊でも特に陸自の駐屯地の食事は、ご飯はお代わり自由だが運動エネルギーや筋肉形成に必要なタンパク質が絶対的に不足している。しかも米軍のようにビュッフェ方式ではないため、朝倉のように体が大きいと常に栄養不足に悩まされる。そのため、自腹でプロテインなどを摂取して栄養を補給しなければならないのだ。

ロシアのウクライナ侵攻で政府は防衛費の増額をするというが、それでも食事や住宅など自衛官の待遇が良くなるとは思えない。政治家や防衛省幹部は、空腹時でも闘えるようにするべきだと、戦前の軍隊のような考え方をしているからだ。普段から粗食では闘う前にモチベーションが下がる。専守防衛どころではない。自衛官の犯罪率や自殺率が下がらないのは、待遇が悪いせいだと朝倉は思っている。

信号が青になった。

朝倉は青山通りではなく、外堀通りの坂を選んだ。坂を登って赤坂一丁目の交差点を過ぎ、虎ノ門の交差点を渡る。大通りから一本入れば、十年前と変わらない懐かしい裏路地に入った。この辺りは再開発に取り残された飲み屋街が残る貴重な街角だ。

朝倉は〝こぶしの花〟という赤提灯の暖簾《のれん》を潜《くぐ》った。警視庁一課の刑事だった頃、この店の二階にあった潰れた焼き鳥屋の座敷に住んでいた。ビルのオーナーは〝こぶしの花〟の女将宮下勝子《みやしたかつこ》で、常連客だった朝倉に格安で下宿させてくれていたのだ。

「いらっしゃい。あらまっ、嫌だ。久しぶり、どうしたの！」

勝子が両手を上げて喜んでいる。

「今年は初めてかもね」

朝倉は頭を掻きながらバックパックを下ろした。腹を空かして皇居を走り回るより、この店で美味いものを食べた方が体にはいい。

「何言っているの、二年ぶりよ。騙そうたって、まだボケちゃいないよ。こっちに来な」

勝子はおたまを持っている右手を振った。七十代半ばのはずだが相変わらず元気そうで安心した。

カウンターはL字型になっており、右手奥は八畳の小上がりの座敷になっている。二階の焼き鳥屋も同じ造りになっていた。

「二年？　そうだっけ。勤務先が市ヶ谷になったからね」

朝倉は笑いながらバックパックをカウンター席の下に置いて座った。

「ここが遠いって言い訳するつもりかい？　佐野さんはよく来てくれるよ。この恩知らずが」

勝子は相変わらず口さがない。それだけ親しいということだ。

佐野は警視庁勤めが長かったので、この界隈《かいわい》に常連の店がたくさんある。彼は随分前に妻を亡くしており、晩酌がてら夕飯を赤提灯で食べるのが日課だそうだ。四ツ谷駅に近い須賀《すが》町の古い一軒家に住んでいるらしいが、料理はしないので冷蔵庫に入れてあるのは漬物とビールだけだと言っていた。仕事が終わって火の消えた家に帰るのが嫌なのだろう。

「あの人は義理堅いからね」

朝倉は小さく頷いた。

「あんたが薄情なだけさ。ビールでいいかい？」

勝子は空のコップとキュウリの漬物をカウンターに置いた。

「そうだった」

朝倉は立ち上がって出入口近くにある小さな業務用冷蔵庫から、ビール瓶を出して栓を抜いた。冷蔵庫にはビールと日本酒と芋焼酎《いもじょうちゅう》の小瓶が冷えており、客は自分で取り出す。勝子も七十歳を過ぎて仕事がきついからと、酒類の提供は客のセルフサービスになっているのだ。

「そういえば、今日は道草食ってもいいのかい？」

勝子は首を傾げながら肉ジャガの小鉢を出した。これもお通しである。

「家内は、九州で視察旅行をしているよ」

朝倉は苦笑いを浮かべた。幸恵からは今週の水曜日に東京に戻ると聞いている。

「へえ、あんたも忙しいけど、奥さんも忙しいんだ。それじゃ、子供を作る暇もないだろう」

勝子は口をへの字に曲げて首を横に振った。

「勘弁してくれ。鳥の唐揚げとアジフライ、それにヤッコも貰おうか」

朝倉は右手を横に振ると、コップにビールを注《つ》いだ。

引き戸が開けられ、スーツ姿の男が入ってきた。

「いらっしゃい。今日は一人？」

勝子がにこりと笑った。基本的に常連客の店だが、気に入っている客に見せる勝子の顔は明らかに違うのだ。

男は隙がなく目付きも鋭い。冷蔵庫からビールを出して栓を抜くと、座敷側のカウンター席に座った。この店はサラリーマンの客がほとんどだが、桜田門に近いため警視庁の関係者も意外と多いのだ。風体からして、間違いなく男は刑事だろう。

「岩城《いわき》さん。店は混み合っていないんだから、離れて座られると、私が疲れるんだ。この人も同業者だから、隣りに座りなよ」

勝子は男に手を振ると、朝倉の隣りに空のコップと漬物の小鉢を置いた。やはり、刑事らしい。それも一課だろう。

「同業者。はて、刑事部ですか？」

岩城は朝倉の顔を見て首を傾げながら隣りの席に座った。探るように聞いてきたのは、大所帯とはいえ、一課では見かけないと言いたいのだろう。ましてオッドアイなら忘れるはずはない。

「同業者といっても、本店の一課の刑事だったのは二〇一四年までです。それからは色々と」

朝倉は岩城のコップにビールを注ぎながら適当に答えた。K島の駐在警察官から特捜局までの道のりは、他人に話すには面倒なのだ。

「これは、どうも。私は二〇一四年から一七年まで一課でした。まあ、今も一課には違いないのですが、大部屋からは追い出されました。すれ違いですね」

岩城は笑みを浮かべると、朝倉のコップにビールを注いで返杯した。

「お互い、一課には縁がなかったのですか。私は特捜局の朝倉といいます」

朝倉はにやりとすると、コップを掲げた。

「特捜局！　特別強行捜査局の朝倉さんですか。極秘捜査が多いと聞いていますが、なるほど、その副局長にお目にかかれるとは光栄です。私は捜査一課特命捜査対策室九係の岩城と申します」

岩城は頭を下げると、コップを掲げた。特命捜査課の他の係は、迷宮入りした事件の捜査をするのだが、九係は事件を迷宮入りさせないために他部署の捜査に介入する特別な係である。ある意味、警察の中の警察と言えよう。それだけに腕利きが配置されていると聞いている。「なるほど」と言ったのは、オッドアイという特徴を耳にしていたのかもしれない。

「私のことをご存じとは驚きです。岩城さんは、特命九係なんですか。私もご活躍を知っていますよ。ロシアが絡んだ北海道の偽札事件を解決したそうですね」

朝倉はビールを飲み干すと、手酌でコップにビールを充《み》たした。昨年、特命九係が、都内の殺人事件を追って北海道まで行き、県警と協力して事件を解決している。殺人事件の背後にロシアの諜報員が絡んでいた。

ロシアの諜報員が犯罪者を集めて印刷工場で偽のユーロ紙幣を刷っていたことを突き止めたそうだ。ウクライナ侵攻のための偽札による軍資金作りだと言われていた。だが、一番活躍した特命九係は公になることで今後の捜査に支障が出るという理由で、県警に手柄を譲ったらしい。

「なっ。どうして、それを……」

岩城は両眼を見開いた。公安が絡む事件だったため、捜査の詳細はマスコミには伏せられたのだ。

「餅は餅屋ですから。まあ、仕事の話はやめましょう」

朝倉は謎めいた口調で言ったが、一課長とも仲がいい佐野から聞いたのだ。

「とりあえず、ヤッコね。フライはもうすぐ揚がるよ。岩城さんはどうする？」

勝子が冷奴の小鉢を出して岩城に尋ねた。

「刺身の舟盛りを頼もうか。それに魚の煮付け」

岩城は笑顔で注文した。

「舟盛り？　どうしたの？」

勝子が首を傾げた。舟盛りは四人前あるのだ。

「一杯食べられそうな人がいるから、大丈夫だよ」

岩城はビールを飲みながらちらりと朝倉を見た。

「それ、私のことですか。当たりですが」

朝倉は自分を指差して笑った。

午後十一時十分。

「ご馳走《ちそう》さん。お先」

ほろ酔い気分の朝倉は、酒とビールの空瓶が入ったケースを手にこぶしの花を出て店の横に置いた。酒瓶を片付けるのは勝子には大変なのでそこまではする。元店子《たなこ》としては当然の行いだ。

岩城は面白い男というか気持ちのいい男で、ついつい話し込んで酒も進んでしまった。半分以上を朝倉が飲んでいるが、ビールを八本、日本酒の小瓶は十一本も空けている。勝子は在庫がなくなるとぼやいていた。岩城は酔いを覚ましてから帰るという。

朝倉は外堀通りに出ると、立ち止まった。岩城に「餅は餅屋」と言った自分の言葉が、頭の中から離れない。情報通だと見栄で言ったのだが、朝倉は局にも言えない秘密の情報源とも言える二人の人物とパイプがあるからだ。一人は傭兵の藤堂浩志、もう一人はフリーの諜報員である影山夏樹で、彼らの職業柄情報を得たとしても明かすことはできない。二人にすぐ頼らないのは、常に極秘の任務に就いている彼らに迷惑が掛かることを恐れてのことである。

「どうしたものか」

朝倉は腕組みをして考え込んでいたが、思い直してバッグから普段使わない特殊なスマートフォンを出した。このスマートフォンで連絡を取り合うのは、今のところ二人しかいない。

スマートフォンをタッチすると、顔認証で初期画面が現れる。だが、電話を掛けるには声帯認証もパスしなければならない。

「〝ガラハッド〟。ボニートに電話してくれ」

〝ガラハッド〟というのは、アップル社の〝シリ〟と同じでこのスマートフォンのＡＩである。傭兵代理店のスタッフに天才的なプログラマーがいるらしく、その人物が開発したＡＩなのだ。このＡＩを使って高度なセキュリティシステムも構築していると聞いている。

――ボニートに電話を掛けます。

〝ガラハッド〟が、即座に返事をし、命令を実行した。

――珍しいな。どうした。

影山が応答した。ボニートは、彼のコールネームの一つである。

「忙しいところすまない。今、中国人のスパイの捜査で困っている。情報が欲しいんだ」

――分かる範囲なら。

影山は抑揚のない声で答えた。他人のことは言えないが、影山は極端に無口な男なのだ。たまに横柄な口調に聞こえることもあるが、悪気がないことは分かっている。

「陽炎というコードネームを持つ中国のスパイだ」

――私とは違うタイプらしい。

影山はあっさりと答えた。知っているということだろう。

「居場所を摑む手段はないか？」

駄目元で聞いてみた。

――調べて、メールで送る。

通話がいきなり切れた。影山らしい応答である。

苦笑した朝倉は、スマートフォンをバックパックに仕舞った。

3

十一月十五日午前八時三十分、市ヶ谷防衛省C棟。

朝倉は自席でパソコンを使って捜査報告書を作成していた。

デスクの内線電話が鳴った。

「朝倉です。……分かった。今行く」

通話を終えた朝倉は、局から出て同じ階の小会議室に入った。この階で小会議室を使う部署はほとんどないため、特捜局専用のようなものだ。

「呼び出してすみません」

会議室の机を使って作業していた戸田が頭を下げた。彼は自分のノートPCにモバイルWi-Fiを持ち込んでいる。会議室は、朝倉が申請して終日貸切りにしていた。

昨夜、朝倉は影山に連絡を取り、中国のスパイである陽炎の情報を求めた。すると、一時間後、彼は朝倉のスマートフォンに暗号メールを送ってきたのだ。

朝倉が睨んだ通り、陽炎は特捜局とNCISが追うスミスと同一人物で、〝紅軍工作部〟の諜報員らしい。そのため、影山でも実態を掴むことは難しいようだ。だが、陽炎が軍部や海外の安全的家（セーフハウス）に作らせたパスポート番号だけは分かったらしい。

偽造パスポートでもこれまで使われたことがない番号にする必要があるため、軍部の管理機関に記録が残されていたそうだ。影山からは、八種類のパスポート番号が送られてきた。どれも陽炎が過去に偽名で使ったパスポートの番号らしい。そのうちの一つは、特捜局が羽田空港近くのホテルで得た番号であった。

戸田はＩＴ課の課長ということで、特捜局内に部屋を持っている。六畳ほどだが、数台のパソコンを使い、防衛省の通信システムを使用する権限を持っている。また、防衛省にあるサイバー防衛隊にはアドバイザーとしてサーバーにログインする資格もあった。

朝倉は影山から得たパスポート番号が使われた国の出入国記録を調べるように戸田に頼んだのだ。むろん簡単なことではなく、世界中の入国管理局のサーバーをハッキングすることになる。令状があったとしても、途方もない時間が掛かるだろう。違法行為と承知の上で、戸田にハッキングして情報を得るように個人的に頼んだのだ。そのため、戸田以外の局内部の者にも知られないように行動していた。

戸田はハッキングを逆探知された際に備えるべく、防衛省のネットワークを使用せずに民間の通信システムを使用している。さらに彼は、オニオンルーティングシステムを使用しているそうだ。オニオンルーティングは米国海軍調査研究所の出資で開発された暗号化通信方式で、玉ねぎの皮のように何重にも暗号化と複号が行われるので、外部からの解析や逆探知は不可能とされている。

「無理を言ってすまない。どんな感じだ」

　朝倉は戸田の隣りの席に座った。

「これらのパスポートは、二〇一五年から使われはじめており、一つに付き八ヶ月から十ヶ月の間使われています。国籍は中国、台湾、韓国、シンガポールの四ヶ国ですが、韓国が一番多いですね。同じ年に重複して使われたこともありますが、一人の人物が使ったとすれば次々とパスポートを替えたことになります」

　戸田は画面に記録を表示させた。彼には昨日のうちに影山から得たデータを送り、空母ロナルド・レーガンの事件から詳しく説明してある。作業は問題ないが、時間が掛かると聞いていた。彼は自宅でかなり作業をしてきたのだろう。

「どうして、日本のパスポートを作らなかったのかな」

　朝倉は首を捻った。韓国はビザなしで外国への渡航が可能な国の数が、百九十二ヶ国と世界で二番目に多い。それだけパスポートが強いと言える。だが、日本とシンガポールは、百九十三ヶ国とトップなのだ。

「多分、言語の問題でしょう。パスポートは偽造のプロならどこの国の物でも簡単に作れます。ただし、使うときにパスポートの国籍の言語が話せないと入国審査で怪しまれます。陽炎は、日本語は話せないのでしょう」

　戸田は説明すると笑った。彼もその気になれば偽造パスポートを作成できるのだろう。

「なるほど。俺もフランス国籍のパスポートを手にしても、シャルル・ド・ゴール空港では使いたくないな」

朝倉は小さく頷いた。

「これらのパスポートが使われた国は、主に日本、米国、韓国、フィリピン、ドイツの他にもドバイやインドネシアなどがありますが、ドバイやインドネシアなどは滞在期間が短いのでトランジットだった可能性もあります」

戸田は画面をクリックして画像を替えながら説明する。英語表記は問題ないが、テキストばかりで分かり辛い。

「事件の経緯から考えるのなら米軍基地のある国じゃないか。リストじゃ分かりにくいな。地図上で見ることはできないかな？」

朝倉は陽炎が出没した国と空港のリストを見て首を振った。

「できますよ。ちょっとお待ちを」

戸田はキーボードを軽くタッチし、世界地図を表示させ、マウスを操作すると、世界中にパスポート別に色分けされた八色の点がプロットされる。

「驚いた。中国が一つもないじゃないか」

朝倉は目を見張った。中国のスパイなら中国から出入りしていると思ったからだ。

「私も不思議に思いましたが、中国の入国審査って意外と厳しいんですよ。陽炎は中国に戻る際はトラブルを避けて正式なパスポートを使ったとは考えられませんかね。特殊な任務を遂行しているだけに、中国の空港職員や警察機関にも身分を明かすのはまずいはずです」

戸田は朝倉を見て言った。彼はデータを冷静に分析しているようだ。

「なるほど、そうかもしれないな。諜報の世界は厳しいらしいからな」

朝倉は腕組みをして唸るように言った。影山の素顔を知るのは世界で数人らしく、朝倉も見たことはない。以前、人前で素顔を晒《さら》すほどの勇気はないと言っていた。

「パスポート番号から、証明写真を見つけられないかな」

朝倉は台湾の麻薬の売人である朱鉄の顔が、陽炎と酷似しているという事実が気になっていた。朱鉄は意識不明の重体である。彼が意識を取り戻しても陽炎に関わる情報を得ることは期待していない。だからといって、他人の空似と片付けるには偶然が重なっている。海巡隊の逮捕劇は目眩《めくらま》しで、その隙に陽炎は台湾から脱出したと、朝倉は思っている。

「出入国審査では、通常パスポートのコピーは取りませんからね。民間のホテルなら別ですが」

戸田は首を傾げた。

「ホテルか。絞り込まない限り難しいな。それじゃ、八つのパスポートが使われた軌跡をビジュアル的に見られないか？」

朝倉は世界地図に記された点を見て言った。

「時系列にスティプリング（点描）し、トレイル（追跡）すればいいんですね。できますよ。それじゃ、古いパスポートから順番に表示させます」

戸田は再びキーボードを叩く。

「うん？」

朝倉は右眉をぴくりと動かした。

最初のパスポートのポイントがソウルの仁川《インチョン》国際空港から始まったのだが、二つ目のパスポートも仁川国際空港が起点なのだ。

「えっ！　何で気付かなかったんだろう」

戸田も驚いている。すべてのパスポートが仁川国際空港から始まっているのだ。

「リストを漠然と見ていたから気が付かなかったんだろう。これじゃ、まるで陽炎は韓国の諜報員のように見える。そのままなら、間抜けとしかいいようがないな。待てよ」

朝倉は影山の「私とは違うタイプ」という言葉を思い出した。陽炎が紅軍工作部の諜報員なら当然「違うタイプ」になるので、聞き流していた。

影山は変装の名人で、他人に成り済ますことで任務を遂行する。陽炎が「違うタイプ」というのなら平気で素顔を晒す諜報員ということなのか。だが、〝007〟のように本名を名乗って素顔まで晒すのはフィクションの世界である。

「韓国にアジトがあるのでしょうかね？　仁川国際空港はハブ空港として便利ですけどね。それだけじゃないですよね。何か、ヒントはないかな。焼肉？　テコンドー？　まさか。人気のコンテンツ？」

戸田は独り言を呟きながら、首を捻っている。適当に韓国というキーワードで闇雲に検索しているようだ。

「人気のコンテンツ？　『人気』？　有名……。そうだ。それだ！　整形外科だ！」

朝倉は声を出した。影山は特殊メイクで他人になりすます。陽炎は整形手術で他人になりすますとしたら「私とは違うタイプだ」と言える。影山は整形手術と確証がなかったので言わなかったのだろう。無口というより、仕事柄不確かな情報を口にしたくなかったのかもしれない。

「整形手術！　なるほど。それで、台湾人の朱鉄と酷似していたんですね。いや、でも、おかしくありません？　犯罪者の顔にすれば、リスクが高くなりますよ」

戸田はキーボードから手を離して、肩を竦めた。

「逆だ。自分の存在を消す一番いい方法は、死ぬことなんだ。犯罪者ならいつ殺されても誰も疑わないだろう」

朝倉は手を叩いた。影山から人民軍の諜報員の身分を持っており、以前の身分は疑われたのでアフリカで死んだことにしたと聞いたことがある。死亡を偽装して痕跡を消すことで敵の追跡をかわすのが一番効果的ということだ。

「怖いですね。諜報の世界って」

戸田は再び、キーボードを叩き始めた。画面はプログラムモードに変わっているので、朝倉には理解できなくなっている。

「ＮＣＩＳの友人から、優れた諜報員は自分が変装した場合、作戦に入る前にホテルやレストランで変装後の身分が疑われないかテストすると聞いている。ソウルの一流ホテルでパスポート番号を確認してみてくれないか。一流ホテルならチェックインの記録は残っているはずだ」

ＮＣＩＳではなく、影山から聞いたのだ。昨年一緒に行動した際、海外では変装後にあえて高級レストランで食事をしたり、五つ星のホテルに宿泊したりすると聞いた。高級ホテルはセキュリティも厳しいので、変装が疑われなければ合格ということらしい。新しい顔で度胸試しということもあるのだろう。

「面白い仮説ですね。新しい顔を韓国で手に入れて、偽造パスポートを作れば、自ずと出発点は韓国の空港ということになります。論理的に符合します。しかも、韓国は整形手術では先進的な技術を持っていますま。これぱかりは、中国国内で済ますことはできませんから納得ですよ」

戸田のキーボードを叩くスピードがますます早くなる。

「ビンゴ！」

戸田が両手を上げて叫んだ。

「どこだ？」

朝倉は画面を見たが、まだプログラムモードになっている。

「お待ちください」

戸田はキーボードを軽くタッチすると、モニターに美しいタワーが表示された。

「これは……」

朝倉は笑みを浮かべて頷いた。

4

午後七時五十八分。

成田国際空港十七時二十九分発のピーチ航空機が、仁川国際空港に着陸した。

シートベルトの着用サインが消えた。

手ぶらの朝倉は、荷物を棚から出そうとする乗客を縫って通路を進む。

「すみません。通ります」

すぐ後ろをバッグを手にした佐野と野口が付いてくる。朝倉は警課の彼らだけ伴っていた。二人とも自宅に戻ってパスポートを取りに行ったのだ。

朝倉は捜査員全員に、期限が切れないようにパスポートの更新を奨励していた。今後は、国松や中村のようにパスポートをいつも携帯するようにするべきだろう。

三人は入国審査を終え、到着ロビーに出た。

佐野は落ち着かない様子で周囲を見回している。

「晋さん。落ち着いてください」

朝倉は佐野をリラックスさせるべく、下の名で読んで彼の肩を揉《も》んだ。捜査一課で佐野は部長刑事をしており、同僚から「晋さん」と慕われていた。「部長刑事」とは、巡査部長クラスで「でか長」と呼ばれるベテラン刑事のことで、役職の刑事部長のことではない。

「そんなこと言ったって、海外は初めてなんですよ。旅行だって、死んだ女房と熱海《あたみ》に行ったのが最初で最後です。周りは外人ばかりで心臓に悪いですよ。野口、おまえはどうなんだ？」

佐野は、苦笑を浮かべて野口の背中を叩いた。

「私は学生時代に、韓国とタイとマレーシアに行ったことがあります。英語はそこそこ、韓国語も片言話せますけど、タイ語とマレーシア語は全く話せません。なんとか英語で通じました。情けないほど貧乏旅行でしたけど、屋台で飯を食って結構楽しかったですよ」

野口は頭を掻きながら笑った。

今回、警課の二人を連れてきたのには、理由がある。

十一年前に韓国で連続殺人事件があり、犯人である曺耕民《チョジョンミン》は日本に逃亡した。韓国の警察である警察庁から曺敏圭《チョミンギュ》と彼の部下である辺圭誠《ピョンギュソン》の二人の刑事が派遣され、警視庁の捜査一課の佐野が彼らのサポートを命じられた。佐野は五人の部下と曺敏圭らとともに、都内に潜伏していた曺耕民を見つけ出して韓国に引き渡している。捜査は一ヶ月近く掛かっており、佐野は曺敏圭らの宿泊先の手配など便宜を図り、捜査で苦楽を共にした。野口は片言の韓国語に期待されてのことである。

朝倉は陽炎捜索で地元の警察庁の力を借りるべく、佐野を伴ったのだ。佐野にソウル警察庁の曺敏圭を通じて協力を要請していた。

曺敏圭は当時日本で警部補にあたる〝警衛〟であったが、〝警監〟に昇進している。〝警監〟は警部に当たるが、班長クラスなので日本より少し階級が上かもしれない。耆敏圭は快く全面的な協力を約束してくれたのだ。

「佐野さん」

降客の雑踏から抜け出した男が声を掛けてきた。スーツ姿の四十代後半で、耆敏圭に間違いないだろう。辺圭誠と思われる三十代後半の男も傍に立っている。佐野の要請に応えて、二人で出迎えてくれると聞いていた。

「耆さん。ご無沙汰しております。お世話になります」

佐野は耆敏圭に近付き、深々と頭を下げた。

「こちらこそ、声を掛けて頂き、感謝しています」

耆敏圭は流暢な日本語で応えた。耆敏圭と辺圭誠が十一年前に日本に派遣されたのは、二人とも日本語が堪能だからである。

「紹介します。こちらが、私の上司で特別強行捜査局の朝倉俊暉副局長です」

「ソウル特別市警察庁刑事課の耆敏圭です。はじめまして」

耆敏圭は右手を伸ばした。

「朝倉俊暉です。よろしくお願いします」

朝倉は耆敏圭と辺圭誠の二人と握手を交わした。

「それから、捜査課の野口大輔です」

「野口大輔と申します。よろしくお願いします」

野口は頭を下げながら二人と握手をした。

「立ち話もなんですから、移動しましょう」

曺敏圭らは巨大な空港ビルを通り抜け、中央の出入口から出た。バス停の横に白ベースの青と黄のラインでカラーリングされたパトカーが二台停まっている。

「佐野さんは私と前の車にお乗りください。副局長と野口さんは後ろの車でお願いします」

曺敏圭はパトカーの後部座席のドアを開けて佐野を乗せて自分も後部座席に収まった。走りながら打ち合わせをするつもりなのだろう。

辺圭誠が後ろに停めてあるパトカー後部ドアを開けたので、朝倉と野口は乗り込んだ。

前のパトカーが走り出した。

「移動します」

助手席に座った辺圭誠が振り返って言うと、パトカーは発進した。

「これから、どちらへ？」

朝倉は辺圭誠に尋ねた。

佐野から曺敏圭へは電話とメールで捜査協力を要請した際、陽炎が使用していたと思われるパスポートが使われたホテルの説明もしている。

陽炎は二〇一七年からシグニエルソウル・ホテルを使っており、それ以前はロッテホテルワールドを使っていたようだ。ホテルを変えたのは、シグニエルソウル・ホテルが二〇一七年開業という単純な理由だろう。特捜局が手に入れた陽炎の顔写真もメールで送ったが、顔を整形する目的で韓国を訪れているのなら写真に頼ることはできない可能性がある。現段階では整形手術というのは仮説に過ぎないが、早急な捜査網はかえって犯人に察知されるため注意が必要だ。

「とりあえず、シグニエルソウルの会議室を捜査本部として取ってあります。そこで捜査会議をさせてください。二人の部下にフロントを見張らせてありますのでご心配なく」

辺圭誠は振り返って朝倉に顔を向けた。

シグニエルソウル・ホテルは、ロッテミュージアムがある広大な敷地に立つランドマーク的な高層ビルに入っている五つ星ホテルである。

「なるほど」

朝倉は浮かない顔で頷いた。

「ホテルの監視に不服でも？」

辺圭誠は朝倉の表情を読み取ったらしい。

「陽炎が台湾から最短で韓国に来られたとしても、四日前。その日の内に手術をしたとしても、術後四日ということになる。顔の整形が落ち着くには、最低で一週間掛かる。また、顔の造形が変わるほどの手術ならそれ以上の時間を要するだろう。それまでは人目を避ける場所に身を潜めているはずだ。整形手術は今のところ仮説に過ぎない。だが、存在を知られずに国外で大胆な諜報活動ができたのは、任務ごとに顔を変えてきたからだと私は思っている」

朝倉は淡々と説明した。

「なるほど。今から見張りをするのは早すぎるというのですね」

辺圭誠は困惑の表情になった。

「見張りは引き上げた方がいいだろう。陽炎はプロ中のプロの諜報員だ。それに韓国に協力者もいるはずだ。見張りにすぐ気付き、二度と顔を見せなくなる可能性もある。シグニエルソウルは六つ星ホテルと言われるほどの高級ホテルだ。宿泊客でない者は、素人でも目に付く」

朝倉は首を横に振った。

「仰ることはごもっともですが、私は指揮官ではありませんので、見張りの撤退など指示はできません。ホテルに着いたら、警部に話してみます」

辺圭誠が眉を下げて答えた。

電話の呼び出し音。

「すみません」

辺圭誠がスマートフォンを出して、電話に出た。韓国語で話しているので、内容は分からない。

「今、警部から電話が入り、シグニエルソウルから見張りを撤退させることになりました。佐野さんから撤退させるように要請されたそうです。朝倉さんとまったく同じ理由です。驚きました」

辺圭誠は目を丸くしている。佐野が朝倉と同じ指摘をしたのだろう。当然である。

「ホテルの会議室はキャンセルして、警察庁で打ち合わせをした方がいいだろう。経費の削減が大切だからね」

現段階でわざわざシグニエルソウルで会議をするのは、贅沢以外の何物でもないだろう。

「はっ、はい。ホテルはキャンセルするそうです。警察庁に向かうそうです」

辺圭誠は慌てて補足した。

5

午後七時二十分。ソウル・銅雀《トンジャク》区鷺梁津《ノリャンジン》。

ノリャンジンロ通りを走っていたベンツSクラスが、マニャンロ通りとの交差点で左折し、近くの駐車場に停まった。

眼鏡を掛けた白髪の男が手提げバッグを手にベンツから降りた。男は交差点を渡ってメトロ9号線の銅雀駅方面に向かって四十メートルほど歩き、トッポギやチャプチェなどの屋台が並ぶ狭い路地にいきなり入る。

屋台が途切れたところで男は後ろを気にしながら右の路地に曲がり、数メートル先の建物と建物の間にある狭い通路に足を踏み入れた。狭いだけでなく配管が突き出ていたり、ブロックやゴミが散乱していたりと足元が悪い。だが、男は慣れた様子で曲がりくねった通路を通り抜けてマニャンロ通りに出ると、シャッターが閉まった韓国レストランの脇にあるドアの鍵を開けて中に入った。

男は表通りに光が漏れないようにポケットからハンドライトを取り出し、短い階段を下りる。二メートルほど下がったところに左右にドアがあり、男は右側のドアを開けて二十平米ほどの部屋に入った。部屋の右手の天井近くに建物横の通路に面した細長い窓があり、その下に五十センチほどの高さがあるコンクリートの台座の上に洋式トイレがある。

二〇一九年にカンヌ国際映画祭でパルム・ドールを受賞した映画『パラサイト 半地下の家族』で有名になった半地下住居である。再開発でこうした狭小住居のある古い建物は減少している。だが、地下駐車場を改築した狭小住居や「屋根部屋」と呼ばれる住宅の上に建てられた小屋などに住む若い世代が増えているという。経済成長著しい韓国では貧富の差がますます開いているということだろう。

窓とは反対側の壁際にあるベッドに顔に包帯を巻いた男が横になっていた。

「尾行は大丈夫か？　金仁範《キムジンハン》」

包帯の男は、今し方入ってきた眼鏡の男にくぐもった声で尋ねた。

「私は用心深い。心配は無用だ。それにしても、今回は慌ただしかったな」

金仁範と呼ばれた男は部屋の照明を灯《とも》すと、ベッド脇の折り畳み椅子に腰を下ろした。

「日本から追ってきた捜査官が、台湾まで現れたんだ。慌てるさ」

包帯の男は不機嫌そうに答えた。

「日本の捜査官って、まさか。警察に顔を知られたというのか？」

金仁範は目を丸くした。

「警察じゃないようだが、執拗《しつよう》に追いかけてくる。だから、台湾まで行ってオリジナルが死ぬように仕向けたのだ」

包帯の男は舌打ちした。

「声がはっきり聞こえないが、まだ、口がよく動かないのか？」

金仁範は包帯の男をまじまじと見て言った。

「手術から四日も経っているのに、前回よりも筋肉が強張っている。腕が落ちたんじゃないのか？」

包帯の男は、咎めるように言った。

「無礼だぞ！　陽炎。危険も顧みずに八年も前からおまえの面倒を見ている私に向かって偉そうに言うな」

金仁範は、声を荒らげた。

「偉そうなのは、あんただろう。元町医者でうだつの上がらない軍情報部の工作員だったあんたに、私は韓国人としての身分を与えて韓国で最新の医療技術を学ばせた。私の資金がなければ、江南《カンナム》の目抜き通りに開業できなかったはずだ。今の贅沢な暮らしは誰のおかげだと思っているんだ？」

陽炎は体を起こし、壁にもたれ掛かった。

「確かに世話になった。だが、私が大小八度もの整形手術をしたおかげで、あんたは外国でのスパイ活動ができたのだ。結果的に私は現在の中国軍の近代化に寄与したことになる。今の生活は、働きに見合った報酬をもらっただけだ」

金仁範は肩を竦めて見せた。

「分かった。うるさいんだよ。どうでもいいが、ちゃんと似せてくれたんだろうな」

陽炎は首を傾げた。

「あんたの依頼通り、似た顔になっている。この日系米国人も、どうせ犯罪者なんだろう。わざわざ犯罪者の顔を盗むのは、マゾとしか言いようがないな」

金仁範は鼻先で笑った。

「マゾか、笑える。犯罪者に化けることで暗黒社会の力を借りることができる。犯罪者に成り済まし、いつも心理的ストレスを自分に課すことで油断しないようになるのだ。それに本物を殺せば、私は簡単に姿を消すことができる。魔法のようにな。これが諜報員としての私の極意だ。今回の手術は本当にうまくいったのか？」

陽炎は口を大きく開けながら言った。顔の筋肉の調子を見ているのだ。

「これまで通り骨格が似ている対象を選んでいるから、似せるのは私にとっては簡単だった。だが、度重なる手術であんたの皮膚の一部は弾力性を失って限界だった。だから、背中の皮膚を移植したんだ。顔が強張っているのは、移植した皮膚がまだ馴染んでいないからだ。顔の症状が治まるにはいつもの倍は見た方がいいだろう。それに、自分の皮膚でも色がどうしても違う。完全に治ったら、太陽の光を浴びることを勧めるよ。とりあえず包帯を替えよう」

金仁範は手提げバッグから新しい包帯を取り出した。

「人前に出られるのは、後十日は掛かると言うことか」

陽炎は腕を組んで溜息を漏らした。

「急ぎの任務はないと聞いていたが」

金仁範は陽炎の頭に巻き付けてある包帯を解きながら首を捻った。

「日本の米軍基地で手に入れたデータを仲間に渡す必要がある」

陽炎は溜息を漏らし、金仁範を意味ありげに見た。

「今の私は、諜報活動はしていない」

金仁範は陽炎の意を悟り、首を振った。

「工作員の顔の造形を変えるのも諜報活動だぞ。馬鹿か。小さなUSBメモリを渡すだけだ」

陽炎はふんと鼻息を漏らした。

「小さなものなら郵送すればいいだろう」

金仁範は巻き取った古い包帯をビニール袋に入れながら首を振った。

「それができれば、誰も苦労しない。世の中は電子社会になり、諜報の世界は二分化された。より高度なデジタル技術を要するシギントと、よりアナログなヒューミントにだ。なぜならデジタル技術を使うヒューミントは、近いうちにAIに取って代わるからだ。そうなると、信用できるのは、最後はアナログな自分だけになる。ローテクだからこそ得られる情報と安全性があるのだ」

陽炎は笑い声をあげた。

「あんたを見ていて、早いうちに諜報戦からリタイヤして正解だったとつくづく思うよ。私を信用するというのか？　それは止《や》めておいた方があんたの身のためだ。素人を使うほど、落ちぶれてはいないだろう」

金仁範は改めて首を横に振った。

「確かにな。金は弾むつもりだったが残念だ」

陽炎は卑屈な笑顔を浮かべた。

フェーズ8：海原の炎

1

十一月二十一日、午後七時四十分。

ヒュンダイのアバンテが、明洞《ミョンドン》のセジョンデロ大通りからセジョンデロ22ギルに右折し、五十メートルほど先のニューソウルホテル前の駐車帯に停まった。

「お疲れ」

朝倉は運転席の野口を労い、助手席から降りた。車はレンタカーである。

十五日にソウル入りしてから、朝倉と佐野と野口は日本には戻らずに捜査を続けている。

曺敏圭は十二名の捜査員を二つに分けて一つを自分が指揮を執り、別のチームを辺圭誠に任せていた。朝倉と野口は辺圭誠のチームに付き、佐野は曺敏圭のチームと一緒に行動している。佐野とは日中だけでなく、宿泊先も別だ。佐野は曺敏圭の自宅に招かれて宿泊しており、朝倉と野口は三つ星のリーズナブルなホテルに連泊していた。

佐野のチームはソウル市内の美容整形外科に聞き込みをしている。簡単なようだが、ソウル市内だけでも整形外科はたくさんあるため時間が掛かる。ただクリニックに話を聞くだけではなく、患者も調べて裏を取るなど、捜査は地道で時間が掛かるのだ。

朝倉のチームは闇の医療関係者を見つけ出し、摘発をしながら聞き込みをしていた。だが、潜りの医者や闇のブローカーは暴力団とも関わりがあり、中には危険な場面もある。そんな時は朝倉が睨みを利かせるだけで大いに役に立つ。

また、陽炎が宿泊したことがあるシグニエルソウル・ホテルとロッテホテルワールドには、ソウル警察庁捜査部捜査課から六名ずつ派遣し、ホテルの従業員の格好をさせて配置してある。大半の捜査員は潜入捜査の経験があるらしいので、問題はないらしい。

到着翌日の捜査は朝倉ら特捜局の三名と青敏圭と辺圭誠、それに二人の部下も含めて七名だった。もともと米空母での殺人事件が発端で、日本の警察としてはせいぜい旅券法違反程度の罪だったため、韓国警察庁に大規模な捜査協力の要請はできなかったのだ。

だが、朝倉がＮＣＩＳのハインズに捜査報告をしたところ、ＮＣＩＳはすぐさま韓国の警察庁に米軍基地での殺人逃亡犯の捜査として協力を要請した。殺人事件としての捜査の方が、はるかに協力を得やすいということもあるが、米国の要請となれば韓国も動かざるを得ないのだ。

ＮＣＩＳの要請でソウルの警察庁本部に合同捜査本部が置かれ、ＮＣＩＳ本部から派遣されたニコルズとグライムスという名の二人の特別捜査官が指揮を執っている。彼らは聞き込み捜査に出れば目立つからと、捜査本部を離れることはほぼない。にも拘わらず捜査のイニシアチブを握り、朝倉ら特捜局の三人はサポート程度の役割になっていた。

「軽く引っ掛けるか」

ホテルのエントランス前で立ち止まった朝倉は、振り返って言った。夕食は警察庁本部の食堂ですませてある。

「……賛成です」

野口は一拍置いて返事をした。反応が悪いのは、疲れが溜まっているせいなのだろう。

二人は東に進んでムギョロ通りに出ると、今度は北に向かってチョンゲチョンロ通りに入った。中央に清渓川《チョンゲチョン》と公園を挟んでいる通りで、周辺は緑が多い落ち着いた街角である。

「あのビルの裏側だな」

朝倉はスマートフォンの情報を見ながら歩いている。韓国に来てからは、朝はコンビニのパン、昼は適当に屋台などで済ませ、晩飯は捜査本部での会議の後に食堂で夕食というのが日課だった。そのため、二人とも韓国風でない肴《さかな》をあてに日本酒で一杯やりたいのだ。

ソウルに来てから一週間が過ぎた。昨夜、佐野とも話したのだが、このまま捜査に進展がない場合は、見切りをつけて撤退するべきということになった。後藤田から捜査は一任されているが、ずるずると捜査を続けていても地元の警察庁にも面倒をかけてしまう。そろそろ潮時かもしれないと思っていた。

一階が〝JSテキサス〟というレストランバー、二階がピザレストランという雑居ビルを回り込むと、ビルの東側に〝日式　三原〟という和食レストランの看板を見つけた。

「なんだかな」

朝倉は頭を掻いた。韓国では和食のことを「日式」と書くのだが、妙に違和感を覚えるのだ。韓国で和食は人気らしいので心配はいらないのだろうが、いざ店を目の前にすると和食がちゃんと食べられるのかという不安を抱いたのだ。

「どうしたんですか？」

野口は立ち止まった朝倉を見て首を傾げた。

「韓国に来てまで和食を食べる必要があるかと、ふと疑問に思ったんだ」

朝倉はちらりと隣りのテキサスという店を見た。

「そうですね。楽しみは取っておきましょうか」

野口は朝倉の気持ちを察したようだ。

「隣りの店に入らないか？　ビールが飲みたくなった」

朝倉はウィンドウ越しに店内を覗いた。

「私はフライドポテトにビールがいいですね」

野口も乗り気になったらしい。

レストランに入ると、名前からしてウエスタン風のインテリアかと思ったが、ソファー席がヨーロッパ調である。柱にバッファローのハンティング・トロフィーが飾られているので、これがテキサス風かと感心しつつ二人はテーブル席に座る。

奥にカウンターがあり、その背後には天井近くまで世界中のビールが並べられている。空瓶かと思いきや、中身が入っているらしい。見事なディスプレーだが、日本なら地震を心配するところだ。

「俺はステラアルトワにソーセージのセット。それにカットステーキ」

朝倉はエプロン姿の従業員にベルギービールとツマミを頼んだ。

「えっ。一時間前に晩飯食べましたよね」

野口は朝倉のオーダーになぜか驚いている。

「一時間前は食欲がなかったんだ」

朝倉は涼しい顔で答えた。食える時に食うという主義である。

「そっ、そうですか。私はカプリにグリーンサラダ」

野口は韓国ビールを注文した。

「ダイエットでもしているのか？」

朝倉は野口の注文を聞いて首を傾げた。

「朝倉さんの注文を聞いたら胸焼けがして」

野口はわざとらしく胸を摩って見せた。

「俺のせいか？」

朝倉は訝しげな表情で野口を見ながら、呼び出し音を上げるスマートフォンをズボンのポケットから出した。辺圭誠からの電話である。

「とんでもありません。気にしないで電話に出てください」

野口は両手を振って誤魔化した。

「朝倉です」

席を立った朝倉は電話に出ながら店を出た。

──辺です。留置していた闇業者が、白状しました。

辺主誠の声のトーンが高い。かなり興奮しているらしい。趙康仁《チョウカンジン》という医療器具販売の資格もない闇業者を昨日逮捕していた。もぐりの医師を密告した場合は、減刑を検察に嘆願すると言ってある。一晩留置場で過ごした趙康仁は、警察庁に有益な情報を思い出したのだろう。

「本当か」

──趙康仁が、免許を持っている金仁範という医師にデルマトーム（採皮器）を販売したというのです。デルマトームはバリカンのような形状で、移植のための皮膚を剝ぎ取る装置なんですよ。

「正規の医師に販売したのなら、問題ないいんじゃないのか？」

朝倉はレストランバーの出入口から中を覗き込みながら尋ねた。

──もちろんそうですが、趙康仁の売る医療器具は、市場価格の一・五倍から二倍もするのです。普通の医師なら正規のルートで買うはずです。しかも、闇で購入すれば、医師は経費で落とせません。明細や領収書も残りませんから。

「なるほど。正規のルートで購入すれば、販売業者の帳簿に載ってしまう。税務署に知られても困るというわけだ。とすれば、その医師はクリニックでない場所に極秘の手術室を持っている可能性があるということか。もぐりの医者と同じだな」

朝倉は大きく頷いた。

——その通りです。明日の朝一番の捜査会議に間に合わせるように、その医師の経歴を全力で洗っています。

「連絡ありがとう」

朝倉は通話を切ってスマートフォンをポケットに捩じ込んだ。

2

十一月二十三日、午後六時三十分。

江南区を南北に通るオンジュロ大通りから一本西のオンジュロ165ギルの駐車帯に、シボレーのスタークラフトが停まっていた。

狭い道だが一方通行ではないため、駐車帯に車が停めてあると車のすれ違いには苦労する通りではある。

両手に買い物袋を提げている朝倉は、オンジュロ165ギルを歩いていた。韓国で購入したジーパンにウィンドブレーカーとラフな格好をしているので地元住民と変わらない。だが、やはりオッドアイの異相は目に付くらしく、すれ違った通行人が振り返る。

周囲をさりげなく見回した朝倉は、スタークラフトの後部ドアを開けて荷台に乗り込んだ。

後部座席が取り払われた荷台の片側に二台のノートＰＣが載った長テーブルが置かれ、辺圭誠と彼の部下である黄純浩《ファンスンホ》が折り畳み椅子に座ってノートＰＣに向かっていた。

ノートＰＣの画面には、それぞれオンジュロ大通りに面したＣ３という雑居ビルと周辺を映し出した映像がリアルタイムで映っている。Ｃ３ビルの二階には、金仁範医師が経営する美容整形外科〝ホリー・カンナムクリニック〟があった。

警察庁刑事部の捜査員が、昨夜のうちに電気工事の作業員に扮して街灯や街路樹、隣接したビルなどに監視カメラを設置したのだ。

青敏圭のチームは、Ｃ３ビルの表側であるオンジュロ大通りに設置された監視カメラで見張っている。辺圭誠のチームはＣ３ビルの裏側であるオンジュロ１６５ギルを見張っていた。

バンで監視カメラの映像を見張り、残りの捜査員はいつでも追跡できるように近隣に駐車している覆面パトカーに乗り込んでいる。

「お疲れさん」

朝倉は買い物袋からピザの箱と飲み物を出し、二人に渡した。

「ありがとうございます。こんなことまでしていただいて、申し訳ありません」

辺圭誠と黄純浩が恐縮しながらも食べ物を受け取った。張り込みは地道な作業で、韓国語が話せない朝倉らは街に溶け込むこともできないため役に立たない。そのため、現地の捜査員の雑用係をしているのだ。

「ホリー・カンナムクリニックは、診察時間は十八時半までです。しかし、職員だった女性に聞き込みをしたところ、院長でもある金仁範は、その日の売上を帳簿にまとめて戸締まりをし、十九時前後にＣ３ビルを出るのが日課だそうです。そろそろ動きますよ」

辺圭誠が箱の中からピザを摘んで言った。

「了解。ありがとう」

朝倉はバンから降りて早足で交差点を曲がり、近くのキリスト教教会の駐車場に停めてあるアバンテの助手席に乗り込んだ。教会の敷地は広く、駐車場も街中にも拘わらず大きいので片隅に停めてあれば目立たない。

「どうでした？」

運転席の野口が尋ねてきた。佐野は曺敏圭と同じ車に乗っている。

「動き出すそうだ」

朝倉が答えると、野口はほっとした表情でエンジンを掛けた。外気温は十五度だが、長時間車の中にいれば、体は冷えてくる。だからといってエアコンをつけるためにエンジンをかけることなど張り込みでは許されない。

五分ほど待っていると朝倉のスマートフォンに辺圭誠から電話があった。金仁範がＣ３ビルの駐車場からベンツに乗って、オンジュロ大通りを北に向かったそうだ。捜査陣の車が四台で追跡することになっている。

「俺たちも行くぞ」

朝倉は野口に指示をし、オンジュロ大通りを北に向かう。二人は無線機の電源を入れ、イヤホンを耳に差し込んだ。警察庁から支給された警察無線機で、追跡が始まったら朝倉らも装着するように言われている。ターゲットとなっている医師の金仁範の顔写真ももらっているが、一緒に捜査するためというより、彼らの捜査を邪魔しないようにという配慮なのだろう。というのも、朝倉らのために彼らが無線通話を日本語でするわけではないからだ。

「あれですね」

野口が前方を指した。ベンツは見えないが、二台のクラフトバンと二台の捜査車両が間隔を開けて走っている。ベンツはともかく、彼らを見失わなければいいのだ。

ソウルの東から黄海《こうかい》に流れ込む漢江《ハンガン》の手前で高速道路である８８号線に乗り、大河に沿って西に向かう。四百メートルほど走って磐浦大橋《パンポデギョ》の交差点を左折し、１ブロック先でサンピョンテロ通りに右折して再び西に進む。しばらく川と並行して走っていたが、ヤンニョンロ大橋の交差点で左折し、ノリャンジンロに入った。

曺敏圭から無線連絡が入った。

「ターゲットが、交差点近くの駐車場に車を入れたそうです」

野口がすぐさま通訳した。

ノリャンジンロから片側一車線のマニャンロ通りに左折したところで四台の車は停まった。駐車場に入ったベンツを追い越したのだ。

次々と捜査員が車から降りると、あっという間に散開して通行人に紛れた。

「同じ場所にいるのはまずい」

朝倉は指示を出し、野口に四台の捜査車両を追い越させた。通りは商店街で交通量も多い。

「この先に駐車場があります」

野口がカーナビを見て言った。

「そこに入れよう」

朝倉はスマートフォンの地図アプリでPのマークを確認して答えた。

野口はナビに従って左折した。数十メートル先に地下駐車場の出入口がある。大きな商業ビルの駐車場らしい。

「地下か。俺は先に降りる」

舌打ちをした朝倉は駐車場出入口手前で車を降りた。地上の駐車場なら車の中で待機すればいいと思っていたが、地下では身動きが取れなくなってしまうからだ。

野口の運転するアバンテは、地下駐車場に入って行く。

朝倉はマニャンロ通りに出た。すでに捜査員の姿は通りにない。

商業ビルの一階は様々な店舗が入っていた。マニャンロ通りは坂道なので坂の下の店舗の出入口には階段があり、朝倉が立っている坂上の店舗は逆に半地下になっている。朝倉は歩道から少し下がって店の近くに立った。その方が目立たないからである。

無線機から曺敏圭の声が頻繁に聞こえる。その度に部下が「イヘイ（了解）」という返事をしていた。だが、韓国語で連絡しているので、内容はさっぱり理解できない。おそらく、金仁範の尾行を曺敏圭が細かく指示しているのだろう。

「お待たせしました」

野口が路地裏から出てきた。

「ターゲットを尾行しているようだ。俺たちは目立たないようにここで待機していよう」

朝倉は苦笑がてら言った。

「我々はお客さまですからね」

野口も頭を掻いて相槌を打つ。

曺敏圭と部下のやりとりが激しい。

「どうも変ですね」

無線を聞いて野口が首を捻った。

「ひょっとして、ターゲットに気付かれたんじゃないのか？」

朝倉は訝しげな顔になる。

――バボ！

曺敏圭の怒声が響いた。「馬鹿！」という意味で、繁華街で喧嘩《けんか》している男たちから聞いたことがあるので朝倉でも意味は知っている。

「まずいです。ターゲットを見失ったようです」

野口が青ざめた表情で言った。

「馬鹿な。あれだけ捜査員がいて何をしているんだ」

朝倉は歯軋《はぎし》りをした。

「どうしますか？」

野口も苦渋に満ちた表情で尋ねてきた。

「ターゲットは尾行を気にしながら歩いていたのだろう。ということはこの街にアジトがある可能性が高い。尾行が見つかった以上、非常線を張ってローラー作戦をするほかないだろう」

朝倉は溜息を漏らした。今すぐにでもこの界隈に非常線を張り、大量の捜査員と警察官を配備するというのが常套《じょうとう》手段だ。もはや朝倉らの出番はない。

「なっ！」

朝倉は右眉を吊り上げた。

道の反対側にあるビルとビルの隙間から白髪の眼鏡を掛けた男がいきなり現れたのだ。しかも、金仁範に酷似している。というか本人だろう。

「朝倉さん」

野口が小声で言った。

「分かっている。辺に連絡してくれ」

朝倉は野口に命じると、ゆっくりと歩道まで出た。

3

狭い通路から現れた金仁範は、数メートル先のシャッターが閉まっている飲食店横のドアの前に立った。周囲を落ち着かない様子で見回している。追われているため焦っているのだろう。ポケットから鍵を出したが、足元に落とした。

朝倉と野口は、固唾《かたず》を飲んで見守っている。建物に入ればドアを封鎖し、他に出入口がないか調べればいいのだ。

鍵を拾った金仁範はドアを再び開けようとしたが、首を振ると坂の上に向かって走り出した。建物に入るのを断念し、逃亡を選んだらしい。

「野口、男を捕まえろ！」

舌打ちをした朝倉は、野口に命じた。

「はい！」

野口は金仁範を追って坂を駆け上がる。体力も腕力もある男なので任せても大丈夫だ。

朝倉は道を渡り、先ほど金仁範が開けようとしていたドアの前に立った。古びたドアノブを回そうとしたが、やはり鍵が掛かっている。

「どうしたものか」

朝倉は坂の下を見て思案した。曺敏圭ら捜査員はなかなかやってこない。中に陽炎がいる可能性がある。別の出口があり、逃亡する可能性はゼロではない。

この国では朝倉らに捜査権はない。もっとも捜査令状もなしで目の前のドアを開けて入ることができないのは、曺敏圭も同じはずだ。

だが、救助を要するような緊急時ということなら韓国も同じだろう。

「悲鳴が聞こえた気がする」

朝倉は独り言を呟くと、ドアノブを力任せに捩じ切って鍵ごと壊した。ドアを開けて覗くと半地下になっているようだ。

壊したドアノブを足下に捨て、ハンドライトを出して階段を下りた。短い廊下があり、左右にドアがある。左側のドアを開けると、二十平米ほどの部屋に手術台などの医療器具が置かれていた。金仁範の闇の手術室に違いない。

「むっ」

朝倉は咄嗟《とっさ》に前方に転がり、振り返って跪いた。頭上をナイフが掠めたのだ。

身長が一八〇センチ弱の男が戸口に立っている。いつの間にか背を取られた。反対側の部屋から出てきたに違いない。転がった拍子にハンドライトを落としたため男のシルエットだけ見えるが、誰だかはもう分かる。

「陽炎か？」

朝倉は油断なく中国語で尋ねた。

「なんだと！　貴様。何者だ」

男は吐き捨てるように中国語で答える。

「否定しないところを見ると、陽炎だな。おまえをロナルド・レーガンから追ってきた。観念しろ」

朝倉はゆっくりと立ち上がり、男と対峙《たいじ》した。

「まさか！　日本人の捜査官か？」

陽炎は出入口のスイッチを押し、照明を点けた。

「むっ。おまえは！」

陽炎は両眼を見開いた。男の左の顎から頬にかけて肌の色が違っている。皮膚の移植をしたのだろう。顔の骨格はスミスと似ているが、目が二重になっているためか、別人に見える。鼻も高くしたのかもしれない。だが、口元の黒子はそのままだ。

「手術は成功したのか？　前より不細工になったな」

朝倉は鼻先で笑った。

「黙れ。日本の警察官がどうして、俺を追うんだ？」

陽炎はポケットからナイフを出しながら首を傾げた。

「理由は四つある。一つ、ロナルド・レーガンの機密情報を無線で流したこと。二つ、ＮＣＩＳの捜査官を殺害した。三つ、佐世保米軍基地から機密情報を盗み出したこと。それと、偽造パスポートで日本から台湾に出国したことだ」

朝倉は指を一本ずつ立てながら答えた。佐世保米軍基地では、米艦隊の無線やレーダーの周波数などの機密情報が盗まれたことが判明している。

「一つだけ間違いを正してやろう。機密情報を暗号文で送ったのはＦＳＢの馬鹿者だ。情報を直接受け取るはずだった私が空母に到着する前に流してしまったのだ。それで、あいつらの存在が分かったんだろう？　ロシアの馬鹿どもは一人残らず死ぬべきだ」

陽炎は答えながらナイフを突き出し、横に振ると今度は撥《は》ね上げた。動きが読めない巧みなナイフ捌きである。朝倉は避けたものの左肩と右腕を切り裂かれた。

「どうして、ＮＣＩＳの捜査官を殺害した？」

朝倉は切られながらも平然と尋ねた。優位な立場に立っているせいか陽炎の口は軽いようだ。朝倉を確実に殺せると思っているからだろう。朝倉が瀬戸際にいる限り、逆に尋問しやすいということだ。

「理由は二つある。一つは馬鹿なロシア人を助けるためだ。二つ目は人を殺せば、空母は帰還すると思った。脱出するためには横須賀に戻る必要があったからだ。思惑が外れて空母は訓練を続けたが、Ｃ２輸送機に乗れたから運がよかった」

陽炎は朝倉の口真似をして答えた。国際観艦式の撮影を終えたジャーナリストらを乗せたＣ２輸送機に乗り込んだのは、計画ではなかったらしい。

「おまえは紅軍工作員だな？」

朝倉は顔色も変えずに尋ねた。

「なっ！」

陽炎は一瞬動きを止めた。予想通りの反応だ。

朝倉は機を逃さずに左手でナイフを叩き落とす。

「馬鹿なやつだ。なんで私がナイフを使うか分かるか。素手の方が簡単に人を殺せるからだ」

鼻先で笑った陽炎は、いきなり朝倉の右脇腹に蹴りを入れてきた。

「ぐっ」

朝倉は下がって息を整えた。強烈な蹴りで一瞬息が止まった。オッドアイである左目の視力が劣るため、左からの攻撃に一テンポ反応が遅れる。朝倉の強靭《きょうじん》な筋肉でなければ、今の蹴りは耐えられなかっただろう。

「驚いた。まともに蹴りが入ったのに立っていられるのか」

陽炎は首をゆっくりと振ると、軽くステップを踏む。中国武術のようだ。

朝倉はどっしりと中段に構えた。

「死ね」

陽炎は目にも止まらぬ速さで左右のパンチを繰り出す。

「くっ」

朝倉はガードを固めるが、腹や胸にパンチを食らう。スピードは速いが、蹴りほどの破壊力はない。それに殴られるのは慣れている。殴られながらも陽炎の攻撃パターンを読んでいるのだ。蹴りを入れた直後に陽炎のガードが下がる癖がある。

陽炎が左回し蹴りを入れてきた。

「うりゃ！」

蹴りを払った朝倉は陽炎の首を両手で摑んで引き寄せ、その顔面に渾身《こんしん》の頭突きを入れた。

「ぐおっ！」

陽炎は勢いよくひっくり返る。鼻の骨が折れたらしく、夥《おびただ》しい血が顔面から噴き出した。

「おとなしく逮捕されろ」

朝倉が口元を右手で拭うと、血が付いた。陽炎のパンチで口の中を切ったのだ。致命的な破壊力はなくてもパンチはかなり効いた。あと二、三発食らったら朝倉でも危うかった。

「……俺を見逃してくれたら、一生使いきれないほどの金をやるぞ」

体を起こした陽炎は左手で出血する鼻を押さえ、ちらりと落としたナイフを見た。

「続きは尋問室で聞く。俺が欲しいのは金じゃない」

朝倉はナイフを後方に蹴った。陽炎の魂胆は分かっている。鼻の骨を折られたぐらいで諦めるような男ではない。だが、整形直後の顔を壊したので、もはや逃げることはできないだろう。

「まさか、おまえに捕まるとはな」

陽炎は壁にもたれ掛かると左手を顔面から離し、手に付いた血をズボンで拭った。

「俺を知っているのか？」

朝倉は跪いて尋ねた。

「馬振東は、日本のオッドアイの捜査官を殺害しようとして逆に殺されたと聞いた。本当か？」

陽炎は朝倉の顔をまじまじと見て聞き返した。陽炎が朝倉の顔を見て驚いた理由が分かった。馬振東は朝倉と顔が酷似していたからだ。

「事実だ。馬振東を知っているのか？」

朝倉は頷いた。

「同じ工作部に所属していたのだ。知らぬはずがないだろう。馬振東を知っているのなら、任務に失敗した工作員の末路も知っているな」

陽炎は朝倉を睨みつけると、左手の指先で自分の首を引っ搔いた。

「うっ！」

陽炎の首から血が吹き出す。いつの間にか小型のナイフを左手に隠し持っていたのだ。血を拭う振りをしてナイフをポケットから取り出したのだろう。朝倉を倒せないと思ったのか、あるいは顔面を負傷したので逃げきれないと悟ったのだろう。

陽炎が左手をだらりと下げると、血に染まったナイフが手から転げ落ちた。

「馬鹿野郎！」

朝倉は慌てて陽炎の首を押さえた。

「地獄の土産《みやげ》に……聞かせてやろう」

陽炎の息が荒くなってきた。

「さっさと話せ」

朝倉は陽炎の首を摑んで、切断した頸動脈を絞めた。一時的に過ぎないが、少しの間なら出血を止められる。

「あの空母は、沈没する」

陽炎はのけぞって笑うと、朝倉の手を振り払った。

血が噴水のように舞い上がる。

「我が祖国こそ……世界の覇者だ」

叫んだ陽炎は、床に倒れて動かなくなった。首から吹き出していた血の勢いもなくなる。

「くそっ！」

朝倉は拳を壁に叩きつけた。

4

十一月二十四日、午前十一時二十分。

特捜局の覆面パトカーであるマークXが、サイレンを鳴らして中央自動車道を疾走していた。

朝倉は北井が運転するパトカーの後部座席でまんじりともせずに座っている。仁川国際空港八時五分発のＫＬＭオランダ航空機に乗り、成田国際空港に午前九時五十七分に着いていた。

昨夜、自決した陽炎の死に際に「あの空母は、沈没する」と聞かされている。むろん空母はロナルド・レーガンのことだろう。

すぐさまＮＣＩＳ本部のハインズに連絡している。情報収集が目的だった陽炎は直接関係ないかもしれないが、空母に乗り込んでいるＦＳＢの諜報員が破壊工作を企てている可能性があるのだ。ハインズはすぐさまロナルド・レーガンの艦長とブレグマンに連絡を取り、全艦あげて爆発物などの捜索をさせている。

ＦＳＢの諜報員と疑われていた通信員のケビン・パテックと甲板作業兵であるエイモス・スナイダーは、新型コロナの濃厚接触者として隔離していたが、二人を国家反逆罪の容疑で自室隔離から艦内の勾留室に移したそうだ。正式に尋問するための措置であるが、国家反逆罪は州によっても刑罰が異なるため、公海上での適用はいささか無理があるだろう。だが、背に腹は代えられなかったようだ。

また、ハインズは陽炎の最期に立ち会った朝倉に、ロナルド・レーガンでの捜索活動に参加するよう特捜局に正式に要請してきた。一方で韓国での捜査を指揮していた特別捜査官のニコルズとグライムスは、職務怠慢で本部に戻されている。

「負傷したと聞きましたが、大丈夫ですか？」

助手席に座っている国松が振り返って尋ねてきた。

朝倉と野口はＫＬＭで帰国したが、佐野は残務処理のため朝倉の代わりに韓国に残った。陽炎の検死解剖は今日行われるからだ。朝倉の証言と陽炎の死体状況から陽炎が自決したことは整合性が取れているが、朝倉が殺害した可能性は捨てきれないと警察庁は見ているのだろう。

検死解剖と凶器の分析が進めば、朝倉の無実は立証される。佐野がソウルに留まっているのは、人質のようなものだ。警察庁も米国の要請があったため、やむを得ず朝倉の帰国を許したのだろう。

野口は特捜局に戻って後藤田に報告するため空港で別れた。

国松は成田空港に出迎えに来た北井と同行し、時間がないため車内で朝倉から事情を聞いている。メモも取っているので、後で後藤田に報告するのだろう。朝倉がこのまま空母に乗り込めばまたいつ連絡できるか分からなくなるからだ。朝倉も時系列に従って詳細を説明していた。

「たいしたことはない。左肩を五針、右腕を六針縫っただけだ。それから左の肋骨《ろっこつ》にヒビが入っているらしい。陽炎はそこそこ強かったよ」

朝倉は笑った。警察庁でも朝倉の怪我《けが》の状況を見て、正当防衛を行使して殺害したとしてもおかしくないと考えたらしい。その方が理解しやすいからだろう。だが、やましいところはないので朝倉は一切妥協するつもりはなかった。

「『たいしたことはない』って、それこそ『そこそこ』の怪我をしているじゃないか」

国松は皮肉っぽく言った。

「これぐらいの怪我で死にはしない」

朝倉は鼻先で笑った。特戦群時代は訓練での怪我は日常茶飯事であった。切り傷を塞ぐために市販の瞬間接着剤を使い、脱臼や骨折に家庭用のラップや荷物用のテープを使うなどの応急処置も学んでいる。

「それにしても、米空母が本当に沈没するような破壊工作をしたのなら、とんでもないことですね」

北井は運転しながら尋ねた。

「沈没は大袈裟としても、航行が不能に陥るほど損害を与えることはできるだろう。方法は分からないが、米軍の主力空母が損傷してドッグ入りすることになれば、我が国の安全保障にも大きな影響を与えるだろうな」

朝倉は暗い声で答えた。当初、ＦＳＢ諜報員と思われる米兵は、艦内の機密情報を集め、それを陽炎に渡すという単純なヒューミントと考えられた。そのため、ＮＣＩＳもブレグマンとシャノン、それに朝倉を加えた少人数での捜査で対処しようとしたのだ。

現在はロナルド・レーガンの乗員だけでなく、爆弾処理班を嘉手納基地から二チームも派遣しているそうだ。だが、空母は巨大なだけに未だに何も発見できずにいるらしい。

覆面パトカーは、八王子《はちおうじ》インターチェンジで中央自動車道を出て１６号線に入った。米軍横田基地に向かっており、すでにＣ２輸送機がスタンバイしているそうだ。

空母ロナルド・レーガンは明日にも横須賀港に帰還する予定で紀伊《きい》半島沖を航行していたが、予定を変更してかなり日本の沖合にいるそうだ。爆破した際の危険性を考えた上での措置らしい。当然横須賀への帰還は遅れるだろう。

「到着します」

ハンドルを握る北井が言った。パトカーはすでに横田基地の脇を走っており、航空自衛隊基地の第５ゲートも過ぎていた。

北井はサイレンを止めて右折し、第１２ゲートに入って順番待ちの車の列に並んだ。

「特捜局は、そのまま行ってくれ！」

ゲートボックスから出てきた米軍警備員が腕を大きく回し、基地に進入するように合図を送ってきた。

北井は順番待ちの車列を抜かしてゲートボックスを通り抜ける。

「こっちだ！」

今度は、数十メートル先に立っていた別の警備員が可動式フェンスを開け、中に入るように指示を出してきた。横田基地は滑走路に直接進入できないように基地内部にもフェンスが張り巡らされている。その内側のフェンスを開放したのだ。

フェンスを抜けると、パッセンジャー・ターミナルの駐車場に出た。

「このまま進みます」

北井は速度を緩めずに駐車場も抜けると、パッセンジャー・ターミナルの西側の出入口前でパトカーを停めた。

「ありがとう」

朝倉は後部座席から降りた。

「待ってください。借り物ではまずいでしょう」

国松が降りてきて紙袋を渡してきた。

「おっ、サンキュ」

朝倉はにやりとした。紙袋の中身は陸自で採用されている迷彩3型戦闘服である。しかも階級章まで付けられていた。

特捜局では作業用の戦闘服は規定されていない。鑑識活動をする際は私服で事足りるからだ。また、中央警務隊と警察のハイブリッドだが、文民警察機関というイメージを出すためということもあった。だが、ロナルド・レーガンで米軍の戦闘服を借りていたことを報告しているので、国松が気を利かせて用意してくれたらしい。

「お気を付けて」

国松と北井が揃って頭を下げた。

「行ってくる」

朝倉は軽く手を振り、パッセンジャー・ターミナルに入った。

5

午後三時二十分。空母ロナルド・レーガン。

格納庫下にある六十平米ほどの広さがあるブリーフィングルームの前方の壁には、二台の６０インチディスプレーが並べて掛けてある。一昔前は、戦略ブリーフィングルームで使われていたのはプロジェクターだったが、こんな場所もデジタル化されているようだ。

迷彩服を着た朝倉は捜査陣を前にして、台湾と韓国で起きた事件の経緯を説明した。メンバーはＮＣＩＳの六人、保安中隊から十人、副艦長を含めた乗員幹部五人である。

ブレグマンから自分だけに報告するよりも捜査陣の意思疎通を図る上で、ブリーフィング形式で行って欲しいと請われたのだ。

朝倉が乗り込んだC２輸送機は横田米軍基地を十一時五十分に離陸し、ロナルド・レーガンに着艦したのは十四時五十分である。朝倉はゲストルームで戦闘服に着替えて、慌ただしくブリーフィングルームにやってきたのだ。

「陽炎がこの艦に潜り込んでいた時の顔は、こちらです」

朝倉は自分のスマートフォンに収められた映像を前方の壁に掛けてある６０インチのディスプレーに映し出した。スマートフォンとディスプレーは、艦内Ｗｉ-Ｆｉで繋がっている。

「スパイと言うより、あえて言うのなら、特徴のないアジア人という顔だな」

ブレグマンは感想を言って、笑いを誘った。副艦長もいるので会場の空気が強張っていたのだ。肩の凝らない捜査会議にしたいのだろう。

「気を遣ってくれて、礼を言うよ。ブレグマンの言った通り、アジア人の私が見ても記憶に残らない顔ですね。もっとも、台湾の犯罪者の顔に似せていたようです。韓国で対峙した際に、整形後の彼に尋問して情報を得ています」

朝倉はブレグマンに軽く手を上げて笑った。

「君は、闘いながら尋問するのか？」

副艦長のアーネストが肩を竦めた。

「みなさんは、犯人と命懸けの死闘をするという経験はないと思いますが、私は職業柄何度もあります。死を目前にすると、どんな凶悪犯も正直になるものです。状況としては二パターンあります。犯人が絶対優勢で私を殺す自信があった時。死人に口なしですから、犯人は犯行を自慢げに話すのでしょう。別のパターンは、犯人が致命傷を負い、死を悟った時に語る場合です」

朝倉はこれまでの経験を簡単に話した。

「そんな経験をした捜査官は彼以外にいませんよ。ＮＣＩＳはおろか、ＦＢＩにも私の知る限りいませんね」

ブレグマンが相槌を打った。

「すまない、話の腰を折って。話を続けてくれ」

アーネストは苦笑を浮かべ、右手を上げて朝倉を促した。

「陽炎は、この艦にＦＳＢの工作員が乗っていると断言しました。彼はこの艦で直接情報をもらうために乗船したそうです。ですが、その前にＦＳＢの工作員が暗号文を通信で流したために彼らの存在が明るみに出ました。また、彼がＮＣＩＳのミラー・スローター捜査官を殺害したのは、ＦＳＢの工作員を守るためだったのと同時に殺人事件を起こせば、米軍基地に空母が帰港すると思っていたそうです。つまり脱出するための殺害だったわけです」

「なるほど。だが、彼が離艦した後に、ＦＳＢの工作員と思われる人物が二人殺害された理由はなんだろう。仲間割れなのか？」

ブレグマンは自問するように言った。

「それは今後の捜査で分かると思います」

朝倉はブレグマンの合の手に苦笑しながら答えた。

「陽炎は、殺人を犯してでもこの艦からの脱出を急いだということかな?」

アーネストは腕組みをして首を傾げた。

「おそらく小型で強力な爆弾をどこかに仕掛けてあるのでしょう。陽炎は『あの空母は、沈没する』と言い残しました。離艦したのは次の任務を急いだ可能性もありますが、爆発の巻き添えを避けたのかもしれません」

朝倉は陽炎の死に際の言葉を教えた。

「それはどうだろうか。C4爆弾を効果的な場所に仕掛けない限り、この艦はびくともしないだろう。それほど空母は頑丈にできている。念のために爆弾処理班に最下層のデッキを調べさせているが、今のところ何も出てきていない。たとえあったとしても、二人のFSBの工作員と思しき男を拘束している限り、爆発しないんじゃないかな」

アーネストが疑問に思っているのは、この艦に対する絶対的な信頼があるからだろう。

「方法は、陽炎が死んだ今となっては確認できません。それに彼がFSBの極秘任務を把握していたかどうかも分かりません。ただ、長時間のタイマーで起爆する時限爆弾ということも考えられます。この艦が帰港するタイミングを計ってタイマーをセットしたのなら、二人はもはや動く必要はないでしょう」

「なるほど、時限爆弾といえば、せいぜい時間単位だが、日にち単位ということも考えられるわけか。一週間後に爆破するような長時間タイマーという可能性もあるな」

ブレグマンは大きく頷いた。

「私は空母の構造はあまり知りませんが、火薬庫のような場所に仕掛けて誘爆させ、沈没は免れても自立航行不能になれば、敵の作戦は成功したと考えるべきだと思います。というのもロシアのウクライナ侵攻が、今回の事件の背後に関係していると思うからです」

朝倉はアーネストを見据えて言った。

「この艦は中国の押さえであると同時に、その同盟国であるロシアにも睨みを利かせている。この艦が自立航行不能という無様な姿を晒せば、中国を喜ばせるだけでなく、ロシアの絶好の戦意高揚に繋がるだろう。それに、ドッグ入りして修理となれば、何十億ドルもの損失が出るはずだ。犯人であるロシアに報復すべきだという世論は高まるかもしれないが、軍事予算は枯渇してしまう」

アーネストは朝倉の言葉に、溜息を吐きながら天井を見上げた。

「質問がなければ、ブリーフィングを終わりたいのですが」

朝倉は場内の参加者全員の顔を一人一人見ながら尋ね、最後にブレグマンの顔を見た。

「みなさん。朝倉スペシャルポリスに拍手をお願いします」

ブレグマンは立ち上がって言うと、アーネストに締め括るように合図した。

朝倉が参加者から拍手を受けながらスクリーンの前から退くと、アーネストが前に出てきた。

「ミスター朝倉の話を聞いて改めて思ったことは、この艦を航行不能にさせる手段は、爆弾だけとは限らないということだ。コンピュータに偽の情報を打ち込み、この艦目掛けてミサイルを発射することも可能だろう。爆弾処理班だけに任せずに、すべての乗員に異常がないか総点検させるべきだ。すぐにでも艦長から直接命令されるように進言する。以上だ」

アーネストは話をまとめると、急いで部屋から出て行った。すぐに艦長と打ち合わせるのだろう。

「なるほど。空母といえども沈め方は色々あるということか」

ブレグマンは感心して言った。

「二人だけで話せないか」

朝倉はブレグマンに小声で言った。

「分かった」

ブレグマンは頷くと、部下に捜査を継続するように命じて部屋から出た。通路を進んで居住エリアに入り、彼が使っているゲストルームに入る。艦の経路をかなり把握したらしい。戸惑いもなく歩いている。

朝倉はブレグマンにジェスチャーで話さないように指示し、ベッドの下などを覗きだした。ブレグマンは意図が分かったらしく、ロッカーの中を調べる。

「大丈夫そうだな」

朝倉は一通り部屋を調べて盗聴器がないことを確認すると、口を開いた。

「用心深いな。話はなんだ?」

ブレグマンは備え付けの冷蔵庫からミネラルウォーターのペットボトルを出し、一つを朝倉に投げ渡すと自分のベッドに腰掛けた。

「俺にパテックとスナイダーの尋問をさせてくれ」

朝倉はミネラルウォーターで喉を潤すと言った。

「もともとそのつもりだった。あいつらをすでに何度も尋問しているが、黙秘を貫いている」

ミネラルウォーターを飲んでいたブレグマンは首を傾げた。それだけのことなら、どこでも話せる内容だからだろう。

「デニー・バウザーが食堂で死んだ時に、パテックとスナイダーにアリバイはあったか？」

朝倉はブレグマンの近くに折り畳み椅子を拡げて座った。

「一応、新型コロナの濃厚接触者として隔離はしていたが、監禁していたわけじゃないから、はっきり言って隔離はアリバイにならないと思っている。それに食事に毒を入れたかは分からない。サプリや飲み水に仕込んでおいて、食事中にバウザーが飲んだかもしれない。検死解剖で胃の内容物である食事に毒物は発見されなかったが、血液検査でシアン化合物が発見されている。その場に二人がいなくても殺害は可能だったはずだ」

ブレグマンは曖昧に答えた。二人のどちらかが殺害に関係していると思っているからだろう。

「俺は第三の殺害犯がいると思っている。パテックとスナイダーはすでに疑われていることは知っているはずだ。わざわざ危険を犯してまで殺人をするとは思えない。俺は第二の殺人が行われた際に疑問を抱いていたのだ」

「疑問？　どんな？」

「ＦＳＢと疑われていた四人は、普段から顔を合わせないようにしていたはずだ。現に、聞き込みをしても彼らの接点は見つからなかったんだろう？」

朝倉はブレグマンに尋ねた。

「甲板作業兵だったバウザーとスナイダーは互いに顔は知っているはずだが、部署は違っていた。彼らが一緒にいるところを目撃されていたら、もっと怪しまれたはずだ」

ブレグマンは朝倉の意図が分からないらしい。

「機関士であるディアスが殺害されたのは原子炉冷却システムエリアに呼び出されたからだろう。まったく面識のない者に呼び出されて、あんな寂しい場所に行くか？」

朝倉は肩を竦めて尋ねた。

「そういうことか。真犯人は、四人と面識がある人間ということだな」

ブレグマンはようやく理解したらしい。

「だからこそ注意しなければ、捜査情報は筒抜けになるということだ」

朝倉はわざと声を潜めた。

「尋問はすぐにするか？」

ブレグマンは立ち上がった。

「無論だ。爆弾はいつ爆破するか分からないんだぞ」

朝倉はミネラルウォーターを飲み干した。

6

午後五時十分。空母ロナルド・レーガン。

朝倉は居住エリアの下のデッキにある小部屋で、金属製の机を挟んで通信員のケビン・パテックの向かいの椅子に座っていた。尋問室として使われる小部屋だがマジックミラーはなく、その代わりに監視カメラが備え付けてあった。

ＦＳＢの工作員として疑われているもう一人のエイモス・スナイダーの尋問は終えており、すぐ近くの勾留室として使われている部屋に監禁してある。もう一度尋問すれば落ちるかもしれないが、しぶとく黙秘を貫いた。

隣室でブレグマンと副艦長のアーネストが、監視カメラの映像を見ている。

「この男を知っているだろう？」

朝倉はスマートフォンにスミスの画像を表示させて、パテックに見せた。

「知らないね」

パテックはよく見もしないで答えた。

「よく見ろ。陽炎と呼ばれる紅軍工作部所属の工作員だ。韓国に潜伏しているところを俺が逮捕した。

今は韓国で拘束されているが、いずれ米国に引き渡されるだろう」

朝倉は陽炎の死を言うつもりはない。死人に口なし、利用するだけ利用するのだ。

「それが、どうした？」

パテックはわざとらしく首を捻った。

「俺はすでにやつを尋問している。陽炎はおまえが勝手に暗号文を送ったことに腹を立てていた。情報を手渡しすれば、見つかることもなかったと怒っていたぞ。ＦＳＢの工作員は大馬鹿者で全員死ねばいいとも言っていたよ」

朝倉は鼻先で笑いながら、パテックを見つめた。僅かに右眉と頬が動いた。反応しているということだ。通信したのは、やはりこの男だったらしい。

「おまえたちは、爆弾を仕掛けたとも白状したぞ」

朝倉は立ち上がってパテックの耳元で言った。ブラフである。

「むっ！」

パテックが目を見開き、慌てて朝倉から視線を外した。やはり、爆弾を仕掛けたらしい。

「陽炎は、爆弾でおまえたちも犠牲になるのに可哀相だとも言っていた。陽炎は情報と交換に、来月にでも中国に送還されるだろう。彼の証言だけでおまえたちがいくら抗弁したところで、一生臭い飯を食うことになる」

朝倉は椅子に腰を下ろし、小指で耳を掃除しながら尋ねた。

パテックが睨みつけてきた。

「優しく言っている内に話した方が身のためだぞ。それとも死んでもロシアに忠誠を誓うつもりか？」

朝倉は突然ロシア語で話した。この程度なら話せる。会話は得意だが、キリル文字の読み書きは苦手なのだ。

パテックは朝倉の顔を見て口を開けた。言葉を理解している証拠だ。突然母国語を話されれば、誰でも驚く。

「おまえもこうなりたいのか？」

朝倉はスマートフォンにディアスとバウザーの死体を表示させて静かに尋ねた。

パテックは写真から目を逸《そ》らせた。

「しっかりと見ろ。おまえに残された道は、死ぬか、一生米国の刑務所で過ごすかだ。米空母に損傷を与えてただですむと思ったのか！」

朝倉は金属製の机を叩いた。

「私とスナイダーは、情報収集係だったんだ。爆弾を仕掛けたのは、殺されたディアスとバウザーだ。我々はどこに仕掛けたかも聞いていない。というか、知らない方が拷問されても白状しようがないから教えられていないんだ」

パテックは堰《せき》を切ったように話しだすと、涙を流した。

「ディアスとバウザーは、口封じのために殺されたのか？　殺したのはおまえか！」

朝倉は畳み掛けるように尋ねた。落ちた犯罪者をさらに攻め落とすには、考える間もなく質問を続けることだ。

「私じゃない。誓ってもいい。私は人を殺すようなことは絶対しない。私とスナイダーは情報収集の命令を受けていただけなんだ」

パテックは激しく首を横に振った。

「それじゃ、爆弾の話に戻ろうか。ディアスとバウザーから本当に何も聞かなかったのか？」

朝倉は落ち着いた口調で尋ねた。追い込まれたパテックが嘘を吐いているとは思えないため、今度は頭の整理をさせるように仕向けるのだ。

「バウザーから誰にも知られずに設置できたという報告だけ受けていたんだ。殺されるようなミスをしたとは思えない。ただ、爆弾を設置してから、体調が悪いと言っていた。私は通信員だから、艦内を自由に動ける。連絡係もしていたのだ。三人とは接触しないようにしていたが、心配だったので目立たないように一度だけ会って話したのだ」

「いつ聞いた？」

「二週間以上前だと思う」

話し終えたパテックは、両肘を突いて頭を抱えた。

「改めて尋問したら、これまでのことをすべて白状するか？」

朝倉は優しく尋ねた。

「全て話すから、私の安全を保証してくれ。ＦＢＩに引き渡しても構わない。だが、保護プログラムを適用してくれ。供述すれば、必ず殺される」

パテックは憔悴し切った顔で答えた。

「いいだろう」

朝倉は監視カメラを見て頷くと、部屋を出た。

「さすがだ」

別室から出てきたブレグマンが口笛を吹いた。

「まだだ。調べたいことがある。霊安室に連れて行ってくれ」

朝倉は額に浮いた汗を戦闘服の袖で拭った。パテックの尋問中に嫌な予感がした。それで冷や汗をかいたのだ。

「分かった。パテックを勾留室にぶち込んでおいてくれ」

ブレグマンは尋問室の外に立っている保安中隊の警備兵に命じた。

「付いてきてくれ」

ブレグマンは、ラッタルを下りて最下層デッキにある霊安室に朝倉を案内した。

「バウザーの死体を見せてくれ」

朝倉は霊安室に用意されているニトリルの手袋を嵌めた。

「了解」

ブレグマンは壁に埋め込まれている遺体安置冷蔵庫のドアを開けて中から死体を載せたストレッチャーを引っ張り出した。

「やはりそうか」

朝倉は死体の首筋や手が皮膚炎のように赤みを帯びていることを確認して頷いた。

「この皮膚炎を気にしているのか。この男はシアン化合物を盛られて死んだんだぞ。皮膚炎があってもおかしくないだろう」

ブレグマンは肩を竦めた。

「食堂で食事中に、致死量のシアン化合物を摂取して死んだと聞いている。だとすれば、皮膚炎が起きる前に死ぬはずだろう」

朝倉は、パテックがバウザーから爆弾設置後に体調を崩したと聞いたことが引っ掛かっていた。皮膚炎の原因はシアン化合物ではないと思ったのだ。

「なっ。確かにおかしい。ドクターは即死ではなく、呼吸停止したが身体は活動状態をしばらく維持していた可能性もあると首を捻っていた」

ブレグマンは青ざめた表情になった。ドクターも死因に疑問を抱いていたに違いない。

「ドクターに放射線検知器を持たせてここに呼んでくれ。それともう一つ頼みがある」

朝倉は険しい顔で言った。

7

午後六時四十分。

朝倉はブレグマンと彼のチームや艦艇幹部とともに、ブリーフィングルームの椅子に座り、前方のディスプレーを見つめていた。

ディスプレーには防護服を着た爆弾処理班が映り込んでいる。

朝倉は死体安置所でバウザーの体の表面に皮膚炎のような症状が出ていることで、シアン化合物によるものではなく放射線皮膚炎である可能性が高いと考えた。そこで、ドクターに放射線検知器で、皮膚組織を調べさせた。すると微量だが、放射線値が高いことが計測されたのだ。

放射線皮膚炎は、被曝《ひばく》して二週間ほど経過してから症状が現れるといわれている。パテックにバウザーから話を聞いたのはいつだと尋ねたのは、そのためだ。

「しかし、よくＡ４Ｗに爆弾が仕掛けてあると分かったな」

ブレグマンは映像を見ながら首を振った。

Ａ４Ｗとは、原子力艦艇用原子炉のことである。防護服を着ている爆弾処理班は、原子炉に取り付けてある爆弾の処理をしているのだ。その前に原子炉が安全な状態で稼働しているのか乗船している専門家に調べさせてある。というのも、バウザーだけでなく先に殺されたディアスも爪先に放射性皮膚炎がみられ、被曝していたことが分かったからだ。

「爆弾を設置してから体調が悪いと聞いてピンときたんだ。だが、原子炉のあるエリアに入っただけで被曝するのか？」

朝倉は疑問に思った。

「専門家の話では、原子炉には解放弁のようなものがあるらしい。それを二人は誤って開けたようだ。間違いに気付いてすぐに閉じたらしいが、後の祭りだ。その時、二人はまともに放射線を浴びて被曝したようだ。本来なら室内の警報装置が働くはずだが、ディアスが事前に壊したらしい。機関士だが、原子炉のことは大した知識もなかったのだろう」

ブレグマンは鼻先で笑った。

「原子炉を破壊しようだなんて、馬鹿としか言いようがないな」

朝倉は眉間に皺を寄せて言った。空母を使い物にできなくするだけでなく、環境も破壊されてしまうからだ。

「それがロシア軍のやり方だ。ウクライナでもチェルノブイリ原子力発電所やザポリージャ原子力発電所を占拠し、一部を破壊している。彼らは自国の身勝手な利益のために他国の人命だけでなく地球すら破壊しても平気なんだ。どんなに汚い手でも、自分の利益が得られればそれでいいという戦略を使う。まったく腹の立つ連中だよ」

ブレグマンは顔を真っ赤にして言った。

「それにしても、原子炉に直接爆弾を仕掛けるとは、驚きだ。冷却システムを破壊すれば、原子炉が暴走し、同じ結果になったはずだ」

朝倉は危険を犯してまで原子炉室に忍び込んだ二人に呆《あき》れ返っている。

「冷却システムエリアは、爆弾処理班も調べている。というか当然狙われると想像できるからな」

ブレグマンは肩を竦めて答えた。

「うん？」

振り返った朝倉は右眉を吊り上げた。

「どうした？」

ブレグマンが朝倉を見て首を傾げた。

「ウォーカーはどこに行った？」

朝倉はブリーフィングルームを見回して言った。ウォーカーは、ブレグマンの四人の部下と一緒にいたのだ。彼を見逃さないように注意していたのだが、いつの間にか見失った。

「あいつを見とけと言っただろう」

ブレグマンがマルテスらに迫った。だが、確証がなかったためにウォーカーが犯人かもしれないとは言っていないはずだ。

「そうですけど、急な用事を思い出したと、さきほど出て行きましたよ」

マルテスがフォックスと顔を見合わせて肩を竦めた。

「油断した」

朝倉は舌打ちした。

「まずい。全員付いてこい」

ブレグマンがスマートフォンを見て厳しい表情で部下に命じた。

「どういうことですか?」

ブリーフィングルームを出たところで、マルテスが尋ねてきた。

「朝倉からウォーカーに注意するように言われていた。それで、密かに彼にGPS発信機を取り付けていたのだ」

ブレグマンは歩きながら艦内無線機を出した。朝倉はGPS発信機をウォーカーに取り付けるように進言していたのだ。

「こちらNCISのブレグマンだ。フランキー・ウォーカー捜査官を発見次第拘束してくれ。抵抗したら発砲しても構わない」

ブレグマンは強い口調で言った。保安中隊に連絡したらしい。

「いったいどうしたんですか?」

マルテスが尋ねた。

「すべての事件で接点があるのは、あいつしかいないんだ。それに事件現場に駆けつけ、証拠を隠滅できるのも、彼しかいない。我々はまんまと騙されたんだ」

ブレグマンは激しい口調で言った。

朝倉は最初のスローター殺しが、そもそも腑に落ちなかったのだ。格納庫の片隅で殺されたのは、顔見知りに呼び出されたからだと推測した。というか、同僚のウォーカーが犯人ではないかとすら、疑っていたのだ。刑事の第六感である。

だが、確証がなかったので、朝倉は常にウォーカーの言動だけでなく表情もつぶさに観察していたのだ。ブリーフィング中も陽炎のことを説明している間、ウォーカーの表情を見ていた。陽炎が白状したことを言った際に、ウォーカーは一瞬だが凶悪な表情を見せた。そこで彼にGPS発信機を取り付けるようにブレグマンに進言したのだ。

「ひょっとして、原子炉に向かっているのかもしれない」

ブレグマンはスマートフォンを見て走り出した。GPS発信機では上下の位置関係までは分からないのだ。

「爆弾処理班の作業を妨害するかもしれませんよ」

マルテスが高い声を上げた。

五人はラッタルを駆け下りる。朝倉は艦内が不案内のため最後尾を走った。

銃声。

「下だ。下のデッキだ」

ブレグマンが叫んだ。

ラッタルをさらに下りて、最下層デッキに到着する。

通路を進むと、警備兵が倒れていた。

ブレグマンが腰のホルスターからグロックを手にすると、部下たちも一斉に銃を抜いた。

五人は一列になって通路を進む。朝倉はその後ろから間隔を空けて付いて行く。十メートルほどで通路は横切る通路にぶつかる。T字路になっているのだ。

ブレグマンは拳を握って通路の手前で立ち止まり、自分が突っ込むので援護するようにとハンドシグナルを出した。右手が原子炉ルームに通じているのだ。

「無謀だ。やめておけ」

朝倉はブレグマンの肩を摑んで首を振った。廊下に出た瞬間に狙い撃ちされるだろう。

「放っておけば、原子炉ルームに銃を持って侵入されるぞ」

ブレグマンは小声だが強い口調で言った。

「プロに任せろ」

朝倉は近くの壁に備えてある消火器を取り外した。

「分かった」

苦笑したブレグマンは朝倉に場所を譲った。

朝倉は安全ピンを抜き、消火ノズルの先端だけ廊下の右側に向けるとレバーを握った。勢いよく消火剤が廊下に吹き出し、周囲は白煙で覆われる。

「借りるぞ」

朝倉はブレグマンからグロックをひったくると、消火剤で視界の悪い廊下を走った。

長身のウォーカーのシルエットが見えた。

ウォーカーも朝倉に気付き、発砲してくる。

朝倉は咄嗟に滑り込んでウォーカーの脇を通り抜けながら発砲した。二発の銃弾がウォーカーの太《ふと》股《もも》に命中する。

「げえっ！」

ウォーカーが叫び声を上げて転倒した。

朝倉は立ち上がるとすばやくウォーカーをひっくり返し、後ろ手に拘束した。

「くそっ！」

ウォーカーは悔しげに頭を通路の床にぶつけた。

「俺は米国の官憲じゃないから、おまえの権利は知らない」

朝倉はふっと笑みを漏らした。

フェーズ9：石垣島

十二月三日、午前九時五十分。石垣島《いしがき》、宮良川《みやら》。

朝倉は二人乗りカヤックの後ろに乗ってゆったりとパドルを使い、上流に向かっている。河口にある店でカヤックと二人分のライフジャケットをレンタルした。

三十分ほど遡上《そじょう》すると、周囲はマングローブの森になっている。石垣島には昨日の午後に着いたが、生憎《あいにく》の雨で外出は避けた。今日は朝から晴天に恵まれたのでカヤックに乗ることにしたのだ。

気温は二十八度、東京の自宅を出る時に防寒ジャケットを着ていたことが嘘のようである。

「緑が綺麗！」

前の席に座っている幸恵は、盛んにスマートフォンで写真を撮っていた。彼女に漕がせると、後ろに水を掛けられるので彼女のパドルはカヤックに上げてある。もっとも、写真に夢中なのでちょうどいいだろう。

十一月六日の国際観艦式に始まった今回の捜査は、十一月二十四日のＮＣＩＳの捜査官であるフランキー・ウォーカー逮捕で幕を降ろした。

生き残った二人のＦＳＢ諜報員は逮捕され、ＮＣＩＳで拘束されている。ウォーカーも逮捕されたが両足を朝倉に撃たれたため、横須賀の海軍病院で監視下の入院となった。

ウォーカーは黙秘を貫いているが、二人のＦＳＢの工作員は保護プログラムを条件に自供している。事件の全容はほぼ分かっていた。

ウォーカーに殺害されたＦＳＢの工作員が、空母ロナルド・レーガンの原子炉を破壊することで航行不能にし、廃船にする計画だったのだ。主力である空母が廃船になれば、第五空母打撃群は当然のごとく壊滅し、米国の太平洋における圧倒的な優位は失われる。

破壊工作はロシア主導だが、利を得るのは中国であった。ロシアの狙いは無謀なウクライナ侵攻で失われた中国との信頼関係を保ち、同時に米国の軍事費を圧迫することでウクライナへの援助を絶つことが最終的な目的だったらしい。

ウォーカーが二人のＦＳＢ諜報員を殺害したのは、原子炉に爆弾を仕掛ける途中で被曝した二人に放射線皮膚炎の症状が現れるのを誤魔化すためだと思われる。だが、ウォーカーが供述を拒んでいるため真相は闇のままだ。

ニューオリンズに住む彼の両親はスラブ系移民で、旧ソ連時代からのスリーパーセル（潜伏工作員）の疑いが持たれている。米国に生まれたが、子供の頃からロシアに忠誠を誓わせられて育ったとしたら供述は難しいかもしれない。両親は息子が逮捕されたことを察知したらしく、自宅から忽然《こつぜん》と姿を消していた。

原子炉の爆弾をすべて撤去されたロナルド・レーガンは訓練を続け、十二月二十六日に横須賀港へ帰港する予定になっている。

朝倉はウォーカーを逮捕した三日後に嘉手納基地から飛来したC2輸送機で沖縄に戻り、民間機で東京に帰った。休むことなく、翌日の月曜日には特捜局に出勤している。すべての報告書を作成して提出するのに三日掛かったが、十二月一日から十日間の休暇を取った。我ながら働きすぎだと痛感したのだ。

休暇の使い方を幸恵に一任したところ、石垣島のツアーを彼女が企画してくれた。プロだけに前日にすべての予定を組んで、朝一番の飛行機に乗っている。

「見て見て、あの赤い鳥！　なんという鳥かしら？」

幸恵がマングローブの森から飛び立った鳥を見て無邪気に歓声を上げた。

「なんだろうね」

朝倉はごく平凡な返事をすると笑みを浮かべた。これが平和ということなんだと、実感したのだ。

「何、にやにやしているの？」

振り返った幸恵が朝倉の顔を見て首を傾げた。

「いいんだ。これで」

朝倉はパドルを膝の上に載せて、川の流れに任せた。

渡辺裕之

1957年名古屋市生まれ。中央大学経済学部卒業。アパレルメーカー、広告制作会社を経て、2007年『傭兵代理店』でデビュー。同作が人気シリーズとなり、以後アクション小説界の旗手として活躍している。その他のシリーズに「新・傭兵代理店」「傭兵代理店・改」「暗殺者メギド」「シックスコイン」「冷たい狂犬」などがある。

陽炎《かげろう》の闇《やみ》

——オッドアイ

2023年 4 月25日　初版発行

著　者　渡《わた》辺《なべ》 裕《ひろ》之《ゆき》

発行者　安 部 順 一

発行所　中央公論新社

〒100-8152　東京都千代田区大手町 1-7-1
電話　販売 03-5299-1730　編集 03-5299-1740
URL https://www.chuko.co.jp/

ＤＴＰ　ハンズ・ミケ
印　刷　大日本印刷
製　本　小泉製本

Published by CHUOKORON-SHINSHA, INC.
Printed in Japan　ISBN978-4-12-005651-2 C0093